Renier-Fréduman Mundil
Schwarzbart & Mikado
Abenteuergeschichten aus 1000
und 1 schwarzen Nacht

Band 2

Renier-Fréduman Mundil

Schwarzbart & Mikado
Abenteuergeschichten aus 1000 und 1 schwarzen Nacht

Band 2

Illustriert von Ugne Esther N'kaya

Impressum

Bibliografische Information der Deutschen Nationalbibliothek:

Die Deutsche Nationalbibliothek verzeichnet diese
Publikation in der Deutschen Nationalbibliografie; detaillierte
bibliografische Daten sind im Internet über
http://dnb.dnb.de abrufbar.

© 2024 Renier-Fréduman Mundil
         Viola Hartmann
Covergestaltung Dan Winkler
Illustrationen Ugne Esther N'kaya

Verlag: BoD · Books on Demand GmbH, In de Tarpen 42
22848 Norderstedt
Druck: Libri Plureos GmbH, Friedensallee 273,
22763 Hamburg
ISBN: 978-3-7693-1746-6

Für Christoph

Einleitung oder erste Geschichte?

Vor einem Monat habe ich zwei seltsame Briefe bekommen. Einen Brief von der Vereinigung der Bäume und einen Brief von der Gewerkschaft der Kugelschreiber, weil meine Einleitungen in den Büchern immer viel zu lang seien. Aber immerhin habe ich es noch nicht geschafft, eine Einleitung zu schreiben, die länger als das eigentliche Buch ist. Das kann nur bedeuten, dass meine Einleitungen noch immer zu kurz oder die Bücher noch immer zu lang sind.

Aber die Bäume haben mir gedroht, wenn ich mich nicht kürzer fasse, dass mir künftig jedes Mal bei einem Spaziergang ein Blatt auf den Kopf fällt, auf dem entweder hundert Spinnen sitzen oder ein Blatt, auf dem vorher ein Vogel mit Bauchgrimmen gesessen hat. Und die Kugelschreiber damit, dass sonst alle meine 16 Enkelkinder mit einem Kugelschreiber an jedem Finger und einem Kugelschreiber an jeder Zehe meine Arme und Beine mit Graffiti anmalen. Sind Sie schon einmal von 320 Kugelschreibern gleichzeitig angemalt worden? Obwohl, vielleicht könnte ich mich nachher als Kunstwerk verkaufen? Auweia, die Einleitung.

Diese Geschichten stammen aus einer Zeit, als die Nacht noch gut war, also aus der Gute-Nacht-Zeit oder als man unter Bettgeschichten noch etwas anderes verstand als heute und die ich deshalb mal am-Bett Geschichten oder vor-Bett Geschichten nennen will. Davon gab es unendlich viele, viele sind in den Köpfen der Zuhörer verschwunden, viele einfach in der dunklen Nacht oder in unsichtbaren Löchern, die es besonders abends überall in der Luft gibt, weil wir Menschen so viel Luft rausgeatmet haben und die Bäume die Löcher nachts erst wieder zustopfen müssen, sonst würden nicht nur Geschichten, sondern ganze Menschen oder mit der Zeit lange Busse in diesen Löchern verschwinden. Einige schlafen noch irgendwo auf gekringelten Bändern, die mit Buchstabenkleber bestrichen sind und alle Wörter festhalten, die man in ihrer Nähe spricht. Und einige sind hiermit jetzt auf Papier angekettet, in den abgeschlossenen Käfig eines Buches eingesperrt worden und hoffen, von dort in Augen, Ohren und Köpfen fliehen zu können.

Ich liebe Musik und ich liebe besonders die Musik von Brahms. Er sieht nämlich wie ein Zwillingsbruder von Schwarzbart aus. Wenn ich ihn treffe, muss ich ihn das mal fragen. Und außerdem war der Klavierlehrer von meinem

Klavierlehrer ein Schüler von Brahms. Mein Klavierlehrer hieß Hansen, über ihn könnte ich unglaubliche Geschichten erzählen, dagegen ist Schwarzbart vielleicht gar nichts. Sein Name kommt hoch vom Norden, wo das Meer immer hin- und her- schwappt, manchmal so viel wegschwappt, dass es leer ist und sich alle fragen, „Watt is denn jetzt los" und manchmal so viel herschwappt, dass alles überläuft, jeder bis zum Knie nasse Füße bekommt und auch wieder fragt, „Watt is denn nu schon wieder los?" Und der Lehrer von meinem Klavierlehrer war ein Schüler von Brahms und Brahms kam auch vom Norden, wo das Meer hin- und herschwappt. Das ist kein Seemannsgarn, höchstens Meeresgarn. Ich brauche nur vier Schritte auf dem Klavier zu laufen und lande bei Brahms. Aber wer läuft schon auf einem Klavier? Höchstens die Finger. Die können nicht sprechen, nur schreiben. Leider haben sie mir noch nie geschrieben, ob sie beim Laufen über dem Klavier Brahms getroffen haben. Aber sie haben mir mal geschrieben, dass das ganze Gequatsche von schwarz und weiß, schwarzen Fingern, weißen Fingern, schwarzen Tasten, weißen Tasten, blöder, blöder, blöder Blödsinn ist, also Blödsinn hoch drei, weil bei schwarzen Fingern genauso schöne Töne auf einem Klavier herauskommen wie bei weißen

Fingern, wenn sie übers Klavier laufen, und die Musik am schönsten klingt, wenn die schwarzen Tasten mit den weißen zusammen bunt spielen.

Und der Zwilling von Schwarzbart, also Brahms, hat auch Musik für ein großes Orchester geschrieben. Ein Orchester sieht vielleicht komisch aus. Ein dicker Kontrabass, eine Geige als superschlankes Modell, ein Fagott als brummender Bär, eine Oboe als quakende Ente. Aber keiner lacht über den Anderen, sie lachen alle zusammen über alles Mögliche, nur nicht über den Anderen. Lachen nicht, weil der Andere anders aussieht, weil jeder gelernt hat, es macht am meisten Spaß, wenn man zusammen Krach macht und dazu braucht es eben auch jeden, egal, wie er aussieht, Hauptsache, er kann Krach machen.

Oh je, jetzt bin ich im Meer der Töne und nicht im Meer der Wassertropfen gelandet. Macht nichts, da wir gerade am Quatschen waren. Bei Brahms hat mich immer geärgert, dass er eine Menge aufgeschriebener Ideen in den Papierkorb geschmissen hat, weil sie ihm nicht gefallen haben. Diesen Papierkorb hätte ich gern.

Leider ist er schon geleert worden, weil es nur fleißige Müllmänner gibt, die jeden Papierkorb spätestens nach einer Woche leeren. Wenn bereits früher der Müll verbrannt wurde, sind die vielen Noten und Ideen aus Brahms Papierkorb aus dem Müllbrennschornstein in die Luft geflogen und fliegen jetzt um unsere Köpfe, leider ohne, dass wir es merken.

Und leider sind von Schwarzbart auch viele Geschichten im Papierkorb der Abendluft verschwunden. Das aber ärgert wohl nur mich. So habe ich wenigstens etwas mit Brahms gemeinsam.

Übrigens, in einem Punkt bin ich sogar besser als Brahms. Für seine erste Sinfonie soll er von der ersten Idee bis zum Ende, hat er selbst gesagt, 21 Jahre gebraucht haben. Meine Schwarzbart-Geschichten sind über 40 Jahre alt geworden, bevor sie von der Idee endlich auf dem Papier gelandet sind. Das hat Brahms zum Glück nicht geschafft.

Auweia, es wird bald Ärger geben mit der Vereinigung der Bäume und der Gewerkschaft der Kugelschreiber, wenn ich nicht endlich aufhöre. Aber wie komme ich von der Musik, von Brahms, zurück zu einem alten Kapitän, der über unzählige Wassertropfen fährt und jeden einzelnen Wassertropfen mit Namen kennt?

Da muss mir noch so ein cooler Typ wie Brahms helfen. Er heißt Mendelssohn und der hat ein Stück geschrieben: „Meeresstille und glückliche Überfahrt". Dazu hat er sich ein Gedicht vom

Fürsten der Wörter, von Goethe, abgeguckt. Leider ist wegen der anderen Buchstaben hier kein Platz mehr, das Gedicht aufzuschreiben. Aber wer dieses Gedicht liest und dann mit geschlossenen Augen die „Meeresstille und glückliche Überfahrt" von Mendelssohn hört, kann sogar den Wind sehen und kann hören, wie salzige Lufttropfen auf seinem Kopf tanzen. Und kann damit ein bisschen verstehen, wie sich der alte Schwarzbart auf seinen vielen Abenteuerreisen gefühlt hat. Und Mikado? Ach ja, der Affe, der hat Glück gehabt, zu ihm kann ich hier kein Quatschseemannsgarn mehr schreiben, wegen der Bäume und der Kugelschreiber und wegen vielem anderen mehr. Aber das ist wieder eine andere Geschichte, eine andere Einleitung, davon später, vielleicht, vielleicht ein anderes Mal, aber nur vielleicht.

Denn aus der Ferne sehe ich bereits die ersten Töne anfliegen und tatsächlich, an jedem Ton hängt ein Tropfen aus dem riesigen Meer. Ach, was rede ich. Jeder Ton ist ein Meerestropfen. Endlich verstehe ich, warum Noten, Töne aussehen, wie sie aussehen, wie Wassertropfen, zumindest die gesungenen, sie sind einmal durch die Spucke des Mundes geflogen, bevor sie durch die Luft in unser Ohr gelangen. Auweia, ich mache jetzt besser wirklich Schluss… Denn wer hat schon gerne Spucke im Ohr?

1

Der fliegende Bananenteppich

Sie kennen mein fünftes Abenteuer noch nicht?

Schwarzbart hielt seine gespreizte Hand dem Affen dicht vor die Augen.

Verstehen Sie, fünf Abenteuer hatte ich in meinen jungen Jahren bereits durchgemacht. Die Kunde davon sprach sich herum, warum? Ich weiß es nicht, aber sie sprach sich herum. Das Problem, lieber Mikado, liegt darin, dass Sie zu wenig Erfahrung haben. Sie sind kein Mann von Welt, der schon alle Länder bereist hat. Jedes Mal muss ich mich fragen, ob Sie mein drittes, viertes, soundsovieltes Abenteuer kennen, obwohl alle Welt meine Abenteuer kennt. Was tun Sie eigentlich den ganzen Tag, außer Bananen zu essen?

Das war zu viel. Mikado war über die Vorwürfe derart empört, dass er auf einen hohen Bananenbaum kletterte. Was dieser alte Schwarzbart erzählte. Erst letzte Woche war er, Mikado, in der Stadt gewesen, ein paar alte Freunde zu treffen. Beiläufig hatte er sie gefragt, ob sie schon von den spannenden Abenteuern des alten Schwarzbart gehört hätten. Niemand in der ganzen Stadt kannte Schwarzbart, geschweige denn seine Abenteuer.

Inzwischen war Schwarzbart in der Hütte verschwunden und kehrte mit einem trichterförmigen Gegenstand zurück. Ein Megaphon! Er stellte sich unter den Bananenbaum und sprach in den Schalltrichter, dass es durch den halben Urwald tönte:

Sie brauchen nicht zu fliehen, Mikado. Sie kennen also mein fünftes Abenteuer nicht? Ich werde es Ihnen megaphonen, damit Sie endlich mal was für ihre Allgemeinbildung tun.

Mikado stopfte sich zwei Bananen in die Ohren, es half nichts, deutlich drangen die lauten Worte des Kapitäns in seinen Kopf. Da die Worte aber vorher durch die Bananen in Mikados Ohren dringen mussten, wurden sie seltsam verfremdet, dass jedes Wort den Affen an eine herrliche Bananenstaude erinnerte. So ließ sich das fünfte Abenteuer einigermaßen ertragen.

Durch meine Abenteuer war ich damals bekannt wie ein bunter Hund, rief Schwarzbart durch das Megaphon nach oben in den Bananenbaum. Eines Tages steckte ein seltsamer Brief in meinem Kasten.

Der Umschlag war aus feinster Seide, der Inhalt unheimlich schwer. Jetzt verstand ich auch, warum ich an diesem Morgen Dinosaurierspuren vor meiner Hütte gefunden hatte. Der Briefträger war extra mit einem Dinosaurier gekommen ~ leider hatte ich ihn verpasst ~ weil kein anderes Tier stark genug war, meinen Brief zu tragen. Fragen Sie mich lieber nicht, wieviel Porto ich nachzahlen musste, weil die Briefmarke nicht groß genug gewesen war. Als ich den Brief öffnete, entdeckte ich hauchdünne Goldplatten, auf denen mit glänzenden Diamanten folgender Schriftzug eingraviert war:

Erwarte Sie in einer Woche in meinem Palast. Wünsche, von Ihren Abenteuern zu hören. Geld spielt keine Rolle. Flugzeug oder Ähnliches wird Sie nächste Woche von zu Hause abholen. Sultan Halamie II.

Ein Brief von Sultan Halamie II. Beinahe wäre ich in Ohnmacht gefallen, derart überrascht war ich. Der Sultan war der reichste Mann der Welt. Er verdiente durch das schwarze Gold, ich meine Erdöl, so viel Geld, dass er sich eines Tages vor den Spiegel stellte und zu sich selbst sagte:

Sultan Halamie, du wirst jetzt aufhören, Geld zu verdienen. Du hast einfach keinen Platz mehr, wo du das viele Geld lagern kannst.

Von diesem Tag an hörte der Sultan auf, Geld zu verdienen, er hatte es sich selbst verboten.

Eine Woche später kreiste ein riesiger Hubschrauber über meinem Boot, die Abgesandten des Sultans kamen, mich abzuholen. Da ich vorher mitgeteilt hatte, nicht ohne mein Boot zu reisen, ließen sie ein schweres Seil vom Hubschrauber herab, das ich mit dem sichersten Seemannsknoten mit meinem Bootsanker verknüpfte. So brachten sie mich zum Sultan.

Der Herrscher befahl als Erstes, als Gastgeschenk mein Boot vergolden zu lassen. Sofort schwirrten seine kunstfertigen Gold-schmiede aus, und beschlugen mein Schiff mit einer feinen Blattgoldschicht.

Den Schriftzug Neptunia I gestalteten sie mit leuchtenden Diamanten, Opale und Rubine. Der Sultan bestand darauf, dass ich selbst die Arbeit überwachte, damit alles zu meiner vollsten Zufriedenheit angefertigt wurde.

Nachdem das Werk vollendet war, bat mich der Sultan in seinen Palast, er wollte von meinen Abenteuern hören.

Die Diener geleiteten mich in einen mächtigen Prunksaal, der größer als ein kleines Dorf war. In der Mitte war ein zwei Kilometer langer roter Teppich, natürlich war er handgeknüpft. Am Ende des Teppichs erkannte ich einen leuchtenden Thron, auf dem der Sultan saß. Damit ich die 2 km bis zum Ende des Saals schneller zurücklegen konnte, klopfte der oberste Diener einen seltsamen Rhythmus mit seinen Händen, eine geheimnisvolle Tür öffnete sich, ein goldener fliegender Teppich schwebte in den Saal, die Diener hoben mich auf den Teppich und in rasender Fahrt flog ich durch das Schloss. Der Sultan war von der vornehmsten Gastfreundschaft, der ich jemals begegnet bin. Als ich vor ihm stand verließ er seinen Thron, begrüßte mich freundlich, bestand darauf, dass ich jetzt auf dem Thron Platz nehmen sollte um von meinen Abenteuern zu berichten, während er sich auf den Stufen des Thrones niederließ.

Von meinen ersten Abenteuern war der Sultan schwer beeindruckt, sodass er seinem Diener befahl, einen vollen Container gefüllt mit Geld durch den Hubschrauber zu meiner Hütte zu fliegen, während ich von meinen weiteren Abenteuern erzählen sollte.

Endlich hatte er für's Erste genug. Gemeinsam gingen wir in den Nebensaal, wo eine 100 Meter lange Tafel aufgebaut war. Alle Köstlichkeiten dieser Welt waren aufgetischt, Hummer, Kaviar, mit Gold überzogenes Gemüse (der Sultan meinte, anders könne man dieses Grünzeug nicht essen), von den königlichen Bienen höchstpersönlich mit Honig bestrichene Brötchen, die zusätzlich mit goldenem Blüten-staub bepudert waren.

Die Stühle befanden sich auf einer goldenen Schiene, die rundherum um die lange Tafel verliefen. Immer, wenn ein Gang beendet war, drückte ein Diener einen goldenen Knopf und die prachtvollen Stühle bewegten sich auf den goldenen Gleisen. Nicht etwa bis zum nächsten Platz. Nein, der Sultan machte sich einen Spaß daraus, mit verschlossenen Augen in die Hände zu klatschen und sofort stand die Stuhl-eisenbahn still. Jedes Mal wurde es eine Überraschung, welchen nächsten Menügang einer erreichte. Ich fing die 99 Gänge mit getrüffeltem Erdbeereis auf goldbepuderter Vanille an, nicht etwa mit einer Suppe. Beim nächsten Mal blieb mein Stuhl leider vor einer riesigen Gemüseterrine stehen. Aber das ging noch, verglichen mit dem, was danach passierte. Weil der Sultan einen Moment zu spät geklatscht hatte, blieb als nächstes mein Stuhl leider vor einer riesigen Vase mit exotischen Blumen und fleischfressenden Pflanzen stecken. Hilfesuchend wandte sich mein Blick an den Sultan. Er lachte nur, allerdings ein Lachen mit einem stechend bösen Blick und ich wusste sofort, dass ich alle Blüten verspeisen musste, wollte ich nicht seine Gastfreundschaft aufs Spiel setzen. Zum Glück bewegten sich die Stühle wieder, bevor ich auch noch das Blumenwasser aus der Vase trinken musste.

Auch Bananen?, rief Mikado vom Baum herunter.

Bananen in jeglicher Zubereitung, geröstet und mit gebratenen Mandeln überzogen, in Honigkuchenteig gebacken, mit Trüffelkonfekt garniert.

Schwarzbart fiel ein klebriger Tropfen auf den Kopf.

Hören Sie auf, schrie Mikado, mir läuft das Wasser im Mund über.

Gut, antwortete Schwarzbart. Es wurde natürlich auch viel Wein getrunken und am Ende waren alle angenehm angeheitert. Der

Sultan nahm seine Kette vom Hals, sie enthielt seinen ersten selbst verdienten Taler, und schenkte sie mir. Dadurch würde ich auch so reich werden wie er, versprach der Sultan.

Am nächsten Morgen, ich war noch im Halbschlaf, erschienen plötzlich schwer bewaffnete Soldaten an meinem Lager.

Schnell wurde mir der Grund klar. Der Sultan vermisste seine Kette und fürchtete, nun mit der Kette auch seinen ganzen Besitz zu verlieren. Ein Diener hatte die Kette an meinem Hals entdeckt und die Soldaten gerufen, während ich noch schlief. Natürlich verteidigte ich mich, der Sultan habe mir die Kette doch gegeben. Die Mienen der Soldaten wurden noch finsterer, ich konnte mir auch denken, warum. Betrunken wie er gewesen war, konnte sich der Sultan nicht mehr daran erinnern, wie er mir die Kette am Vorabend geschenkt hatte. Ausgenüchtert hielt er mich jetzt für einen hinterhältigen Spion oder Dieb, der seine Gastfreundschaft schamlos ausgenutzt hatte.

Ich durfte die Strafe selbst wählen:

– In eine Grube geworfen zu werden, an deren Grund hunderte Lanzen wie Stacheln aufgestellt waren und auf deren Boden

Millionen von fleischfressenden, beweglichen Pflanzen wuchsen.

~ In den Käfig von zehn Löwen geworfen zu werden, die seit einer Woche kein Fressen bekommen hatten.

~ Oder in ein heißes Wasserbecken getränkt zu werden, in denen Piranhas lebten, die es liebten, gekochtes Fleisch zu verspeisen.

Zuvor wurde mir ein letzter Wunsch zugestanden. Ich bat darum, ein Abschiedslied singen zu dürfen. Die Soldaten stimmten dem ungewöhnlichen Wunsch zu. Ich erinnerte mich, wie der Diener am Vortag mit einem seltsamen Rhythmus den fliegenden Teppich herbeigeklopft hatte. Also begann ich das Lied und, musikalisch wie ich war, wiederholte ich den seltsamen Rhythmus auf die tausendstel Sekunde genau. Vor den verblüfften Soldaten erschien der Teppich, ich schwang mich hinauf und wie ein Orkan flogen wir davon.

Jahrelang musste ich mich auf der ganzen Welt verstecken, weil die Häscher des Sultans hinter mir her waren. Eines Tages erschien mir der Sultan im Traum, er weinte und eine Träne verwandelte sich in eine Münze.

Wie von Geistesblitz getroffen, versuchte ich zu erwachen und eilte in meine Bibliothek.

In einem Traumdeutungsbuch las ich die ganze Nacht, bis ich den Traum verstanden hatte.

Am nächsten Tag sammelte ich alles Dynamit, das ich bekommen konnte, und ließ es im seltsamen Rhythmus des fliegenden Teppichs explodieren. Das Land des Sultans war unendlich weit entfernt, nur durch die lauten Explosionen konnte ich mich auf diese Entfernung mit dem Teppich verständigen, der inzwischen wieder zu seinem Gebieter zurückgeflogen war. Ich spielte das erste aus Dynamit komponierte Lied. Die Explosionen waren aber laut genug, dass sie den Teppich erreichten und augenblicklich schwebte er herbei. Ich legte die Kette mit der Münze auf den Teppich und schickte ihn wieder fort. Seitdem hatte ich Ruhe vor den Häschern des Sultans.

Es gab einen lauten Klatsch. Die Bananen waren aus den Ohren des Affen gefallen und landet genau im Megaphon. Wie sehr sich Schwarzbart auch mühte, er konnte es nicht mehr benutzen.

Dann erzähle ich Ihnen das Abenteuer eben nicht zu Ende, rief er mürrisch zum Affen nach oben in den Bananenbaum, machte auf dem Absatz kehrt und verschwand schnarchend in seiner Hängematte.

Das Ende erzähle ich Ihnen später,
vielleicht, wir werden sehen, ein anderes Mal,
wenn ich ausgeschlafen habe,
falls ich jemals in meinem Leben ausreichend
ausgeschlafen haben werde,
vielleicht, wir werden sehen,
wenn das Aus genug geschlafen hat,
vielleicht dann...

2
Der nasse Zirkus

Sie kennen mein siebentes Abenteuer noch nicht?

Was soll ich noch alles kennen, antwortete Mikado. Es gibt ungefähr 1000 verschiedene Bananensorten. Ich habe genug zu tun, jeden einzigen Unterschied der einzelnen Sorten zu kennen. Ich vertrage es nicht, zwei Bananen von derselben Sorte hintereinander zu essen. Es ist für mich überlebenswichtig, jeden Unterschied zu kennen und bereits mit der Nase zu erriechen, bevor ich in die Banane hineinbeiße. Bei Ihresgleichen sind es wohl diese komischen Allergien, die Ihnen zu schaffen machen, bei Unsereiner ist es dieses Problem. Jeder hat so seine eigenen Probleme. Alle Unterschiede sich merken. Wie soll ich da noch Ihr siebentes Abenteuer kennen? Ich klopfe ja auch nicht morgens an Ihre Hütte und frage: Sie kennen die Besonderheit der 571. Bananensorte noch nicht, ihren besonderen Krümmungsradius, wieviel Gramm Zucker in einer Banane dieser 571. Sorte stecken, welche genaue Gelbschattierung ihre Schale am zehnten Reifungstag hat und, und, und...

Pardon, ich wollte Sie nicht belästigen, räusperte sich Schwarzbart. Wenn Sie wollen, ich kann auch wieder gehen.

Erzählen Sie, wenn Sie schon mal hier sind, es wird ja nicht Stunden dauern.

Mikado schmunzelte. Außerdem brauchte er nur an die 283. Bananensorte zu denken, seine Lieblingssorte, sie enthielt nämlich den meisten Zucker von allen, also er brauchte nur an diese Sorte zu denken, dann konnte Schwarzbart so viel erzählen wie er wollte, es störte ihn nicht. Er, Mikado, lebte in dieser Zeit mit seinen Gedanken in einem Bananenbaum der Sorte 283.

Ich fuhr zur See, auf dem Wasser, natürlich auf dem Wasser, jedenfalls dieses Mal, begann Schwarzbart.

Auf dem Wasser, dachte Mikado, natürlich, wo denn sonst, dass Sie mit ihrem Boot nicht in einer Bananenbaumdschungelplantage fuhren, sondern auf dem Wasser, ist doch klar. Er hatte recht, lieber an die Bananensorte 283 denken als sich diese Abenteuer anhören.

Plötzlich tauchte aus dem Wasser ein Schild auf. Mit dicken Buchstaben war zu lesen:

Zum Karneval der Tiere – Bitte folgen Sie.

Ich konnte nicht erkennen, wer das Schild durchs Wasser zog, beschloss aber zu folgen. Nach drei Seemeilen erreichte ich ein Areal, das mit Palmen abgesteckt war, ganz richtig, mitten auf dem Wasser standen Palmen und grenzten eine ziemlich große Fläche ab. Um hineinzugelangen musste ich ein Tor passieren. Dort saß ein Pinguin im schwarzen Frack und kassierte als Eintritt einen Eimer voll Fische, bemühte sich sogleich aber darauf hinzuweisen, dass alle Vorführungen noch extra zu bezahlen sind.

Unvermutet tauchte ein riesiger Wal auf. Auf seinem Rücken las ich ein Schild mit der Aufschrift:

Wasserfontänenrutsche, Kosten:
1 Baumeimer Grill-Krebse.

Neugierig holte ich einen Baumeimer Krebse, ein Baumeimer entspricht ungefähr hundert normalen Eimern, gerade so viel, wie ich erst gestern gefangen hatte, und schüttete sie dem Wal über eine Futterrutsche ins Maul. Nachdem er sie verschlungen hatte, stürzte er sich auf einmal auf mein Schiff. Ehe ich mich versah, hatte er mich mitsamt meinem Boot in seinem gewaltigen Rachen verschlungen. Er stockte kurz, holte tief Luft, dann stieß er eine 30 m hohe Wassersäule aus seinem Nasenloch und blies mich mitsamt dem Schiff durch sein Nasenloch auf der Wassersäule hinterher. Nach wenigen Sekunden stand mein Schiff 30 m über dem Meeresspiegel auf der Spitze der Säule. Jetzt hielt der Wal inne, die Wassersäule brach zusammen und mein Boot landete mit einem lauten Klatsch auf dem Meer. Seerobben tauchten auf, legten sich auf den Rücken und applaudierten heftig mit ihren Bauchflossen.

Ehe ich mich versah, kam eine riesige Schildkröte angeschwommen. Sie bedeutete mir, ihr einen Salatkopf für ihre Vorführung zuzuwerfen. Das war für mich kein Problem.

Wegen der hochgefährlichen Seefahrerkrankheit Skorbut hatte ich nach dem Kauf des Bootes als Erstes in jede Lücke zwischen den Holzplanken Erde gestreut und darin in regelmäßigen Abständen Salatsamen hineingesteckt. Mein Boot glich bald eher einer schwimmenden Farm und ich hatte längst bemerkt, dass sich besonders nachts Schildkröten an mein Boot schlichen und versuchten, an die köstlichen Salatblätter zu gelangen.

Nachdem die Schildkröte den Vorführpreis verspeist hatte, legte sie sich auf den Rücken, eine zweite Schildkröte erschien und stellte der ersten einen Stuhl auf den Bauch. Die Schildkröte gab mir ein Zeichen, auf dem Stuhl Platz zu nehmen und gleich darauf begann die erste, die mit ihrem Schildkrötenpanzer auf dem Rücken lag, hin und her zu wippen. Zu wippen, ja ich kam mir vor wie in meiner Kindheit auf einer angenehmen Wippe und dachte auch an einen Sheriff, der in der Abendsonne im Schaukelstuhl hin und her wog, mit einer Pfeife in der einen und einem Revolver in der anderen Hand, und dabei das mit Ganoven überfüllte Gefängnis bewachte.

Beinahe wäre ich eingeschlafen, so gemütlich war es, da tauchten zehn riesige Tintenfische auf und stellten sich mit ihren Kraken auf die Wasseroberfläche. Der erste Tintenfisch hielt ein Schild in die Höhe:

Ziel durch !

Sie kennen das Spiel? Naja, ich dachte, es zu kennen, hätte jedenfalls trotzdem misstrauisch werden sollen, weil dieses Spiel umsonst war. Langsam fuhr ich mit meinem Boot unter den riesigen Tintenfischen hindurch, da wähnte ich mich in einer schrecklichen Geisterbahn. Tausende von gefährlichen Augen, die am Bauch der Tintenfische klebten, starrten mich an und ehe ich mich versah, ergossen sich Strahlen von blauer, roter, grüner und schwarzer Tinte über mich und mein Boot. Dann war der Spaß vorbei, die Tintenfische verschwanden mit lautem Gelächter. Auf dem Wasser las ich plötzlich die Frage:

Na, hast du Spaß gehabt? Wenn nicht, kannst du dir als Entschädigung einen großen Eimer Bonbons abholen, du musst aber zu uns in 1000 Meter Tiefe hinabtauchen: Deine Tintenfische.

Alles stand in großen Buchstaben auf der Wasseroberfläche, die Tintenfische hatten sie zum ersten digitalen Wasserbildschirm umfunktioniert.

Ich hatte keine Zeit, mich zu erholen, denn neben meinem Boot war ein Delphin aufgekreuzt und wedelte heftig mit seinem Schwanz.
Ich verstand und kletterte neugierig auf den Rücken des Tieres. Gerade noch hatte ich Luftholen können, da tauchte der Delphin ab. Vor einer unterirdischen Grotte machte er halt. Über der Grotte klebte das Bild einer Hexe und kurz nach meiner Ankunft erschien ein Doktorfisch an

der Öffnung der Grotte. Ich musste ihm zwei Geldstücke geben, normalerweise kostete der Grottenbesuch ein Geldstück, da aber ein Doktorfisch am Grotteneingang erschienen war, musste ich ihm zwei Geldstücke geben und dafür bot er seine Künste feil. Er weissagte mir eine Stunde lang alle Krankheiten, die ich in meinem Leben bekommen würde und zwei Stunden lang alle Krankheiten, die ich nicht bekommen würde. Dann befahl er dem Delphin, mit mir wieder zu verschwinden, seine Zeit sei schließlich zu kostbar.

Auf dem Rückweg begegneten wir einem Tigerhai. Für einen Fisch (ich habe nämlich immer einen Fisch in der Tasche, falls eine Möwe über mein Boot fliegt und sich über der blankgeputzten Lusitania erleichtern möchte) versprach er mir eine Tätowierung. Er hatte offensichtlich den Fisch in meiner Tasche gerochen. Der Tigerhai arbeitete wohl mit einem kleinen Tintenfisch zusammen. Normalerweise könne ich mir eine Farbe aussuchen, sagte der kleine Tintenfisch, er habe heute aber nur noch rosa übrig, ich sollte nächstes Mal früher kommen. Eh ich mich versah, besprühte er meinen Arm mit rosa Tinte, dann musste ich meinen Arm in das Maul des Tigerhais stecken und er schnappte vorsichtig zu, sodass der Abdruck eines rosafarbenen Gebisses als Tätowierung auf meinem Arm zurückblieb. Damit könnte ich mich überall sehen lassen, prahlte er und verschwand mit breitem Grinsen, mein Fisch in seinem Maul, von dem der kleine Tintenfisch vorher ein Stück abbeißen durfte.

Meine 283, seufzte Mikado.

283? Wie meinen Sie das?, fragte Schwarzbart.

Ach nur so, entgegnete Mikado, hatten Sie nicht gerade Ihr 283. Abenteuer erzählt?
Pikiert sah ihn Schwarzbart an.

Ich habe ein besseres Publikum verdient, brummte er und stampfte in den Urwald davon.
Essen Sie doch Ihre Bananen, rief er zum Affen, von mir aus jeden Tag die Sorte 283. Aber ich werde Ihnen versprechen, Sie werden nur noch Bananenträume haben. Träume von wunderschönen Feen, Abenteuern auf dem Rücken eines Tigerhais und andere Träume und spannende Abenteuer können Sie sich künftig abschminken.

Vielleicht werde ich Ihnen diese Abenteuer erzählen,
vielleicht, wenn ich mich wieder beruhigt habe,
brummte Schwarzbart mürrisch,
und noch lange waren die brubbeligen Töne aus
der fernen Hütte zu vernehmen.

3
Das heißeste Abenteuer der Weltgeschichte

Sie kennen mein 8. (achtes) Abenteuer nicht?, fragte Schwarzbart.

Der Affe Mikado schüttelte den Kopf.

Dann nehmen Sie sich in 8 (Acht), sagte der Kapitän. *Nehmen Sie sich in 9-1 (Acht), denn es ist mein 9-1 (achtes) Abenteuer.*

Er räusperte sich, setzte sich gemütlich in den alten Sessel, steckte seine Füße in seine Schnürschlaufen, die von der Decke herabhingen und begann zu erzählen.

Ich war mit der letzten Prinzessin, die auf dieser Welt lebte und nicht nur deshalb auch die schönste aller Prinzessinnen war, auch ohne einen Spiegel zu befragen, unterwegs am Strand, sprach über dieses und jenes, wenn ich genau überlege mehr über jenes als über dieses, als die Prinzessin plötzlich stehenblieb. Sie wies auf den weiten Horizont, wo gerade die Abendsonne unterging. Aufmerksam betrachtete ich das Naturschauspiel, das ich schon so viele Male gesehen hatte.

Sehen Sie, sehen Sie!, rief die Prinzessin aufgeregt, *das Meer dampft.*

Dem Horizont entstiegen feine Dampfwolken und verschwanden in der Abenddämmerung.

Sie müssen sich nicht wundern, sagte ich. *Wissen Sie, wie heiß die Sonne ist? Wenn sie ins Meer taucht, bringt sie das Wasser zum Kochen.*

Zum Glück ist die Sonne abends schon abgekühlt, sonst wären bereits alle Meere verdampft.

Die Prinzessin blickte mich ungläubig an. Plötzlich sagte sie:

Haben Sie schon einmal die Sonne angefasst, Schwarzbart?

Ich habe schon Vieles angefasst, Tintenfischaugen, Haifischzähne, das zwölfte Auge einer Feuerqualle, die Lippe einer Giftschlange zwischen den beiden Giftzähnen, aber keine Sonne. Die Sonne fehlt mir noch in meiner Angefasst-Sammlung, erwiderte ich, aber wenn Sie wollen, fahren wir morgen zum Horizont, dort wo die Sonne ins Meer taucht.

Wir beschlossen, in der Frühe des nächsten Morgens den Weg anzutreten. Die ganze Nacht hatte ich schwer gearbeitet.

Was haben Sie gemacht?, fragte der Affe Mikado. Vor so einer langen Reise hätten Sie besser geschlafen.

Ich musste mein Holzboot mit Eisenplatten verkleiden. Die Sonne hätte das Holz sofort verbrannt, also beschloss ich, für mein Boot einen Eisenpanzer anzufertigen.

Und Sie selbst?

Ich besaß eine alte Ritterrüstung, die mich vor

der Hitze schützen würde. Aber hören Sie weiter und nehmen Sie sich in 8.

Am Morgen warteten wir auf die Flut, die das Boot ins Meer spülen sollte. Zu meinem Entsetzen war das Boot durch den Eisenpanzer so schwer, dass es nicht schwimmen konnte und in der Flut zu ersaufen drohte.

Können Boote ertrinken?

Stellen Sie jetzt keine Fragen, in dieser brenzligen Situation ist keine Zeit für Fragen.

Der alte Kapitän scharrte unruhig mit den Füßen in den Seilschlingen und erzählte weiter.

Luft!, durchschoss es meinen Kopf, die Rettung war Luft. Ich pumpte mit einem alten Blasebalg Luft in die Spalten zwischen Holzwand und Eisenpanzer und . . . . . .

. . . Und was? unterbrach ihn der Affe.

. . . und dann klebte ich die Luft fest, damit sie nicht entweichen konnte.

Der Affe blickte den alten Kapitän Schwarzbart merkwürdig an. Aber er hatte bereits bei alten Abenteuern aufgehört, sich über etwas zu wundern.

Sie sind erstaunt, stellte Schwarzbart fest. Ich habe Ihnen ja gesagt, nehmen Sie sich in 8.

Mit der Luft wurde das Boot viel leichter und trieb jetzt auf den Fluten des Meeres der Sonne entgegen. Vier Stunden waren wir unterwegs, doch als die Sonne zum Greifen nahe schien, verschwand ihr letzter roter Zipfel mit heißem Brodeln im Meer.

Wir müssen warten, sagte ich zur Prinzessin. Erst einmal bereite ich uns ein Abenteueressen. Zu jedem Abenteuer gehört ein abenteuerliches Essen, ich meine, Sie stecken sich etwas in den Mund, das Sie nie zuvor gegessen haben, schon ist dies ein Abenteuer für Ihren Gaumen. Sehen Sie, wie ungerecht Sie zu sich selbst sind. Die Augen bekommen von den Abenteuern am meisten mit, auch die Ohren kommen nie zu kurz, es sei denn bei einem Abenteuer auf dem Stillen Ozean. Aber Ihre Zunge, Ihr Geschmackssinn, auch die wollen einmal ein Abenteuer erleben. Verstehen Sie, wie ungerecht Sie zu sich sind, ich meine zu Ihrer Zunge, Ihrem …

…Zunge?, unterbracht Mikado. Die Zunge kommt doch bei ihren Abenteuern nie zu kurz, beim Erzählen der Abenteuer erlebt ihre Zunge durch das Sprechen fast jeden Moment ihres Abenteuers, außer die Dinge, die Sie vergessen zu erzählen oder mir heimlich verschweigen. Meinen Sie, ich habe es nicht längst bemerkt, dass Sie mir manch interessante Dinge Ihrer Abenteuer verheimlichen, ich sehe es Ihren Augen an, wenn Ihre Augen Ihrer

Zunge befehlen, lautlos befehlen, zu schweigen, mir Interessantes nicht zu erzählen. Einmal haben Sie sich sogar aus Schreck auf die Zunge gebissen, weil Ihre Zunge beinahe etwas Unerlaubtes erzählt hätte.

Lassen wir das, unterbrach Schwarzbart, was wollen Sie über meine Zunge wissen. Es ist besser, ich erzähle mein Abenteuer weiter, als Ihren abenteuerlichen Vermutungen zuzuhören.

Das Wasser um uns herum brodelte und kochte und ich brauchte nur eine Stange zu holen, um köstlichen gekochten Fisch, Hummer und Meeresfrüchte aus dem Meer zu angeln.

Ich hatte vielleicht fünf Stunden geschlafen, als wir von einem gewaltigen Tosen aufgeweckt wurden. Ich stürzte aus meiner Kajüte an Deck und sah die glühende Sonne, die nur wenige Meter vor meinem Boot aus dem Wasser auftauchte. Eine gewaltige Hitze schlug mir entgegen und ich merkte, wie das Holz unter dem Eisenpanzer Feuer fing.

Prinzessin, bleiben Sie unter Deck, wir müssen weg von hier!

Ich riss das Ruder herum, um uns vor der heißen Morgensonne zu retten, um vor der heißen Morgensonne zu fliehen. Doch ich hatte mir vorgenommen, einmal die Sonne zu berühren. Also zog ich meinen eisernen Handschuh an, streckte meine Finger nach vorn und berührte die heiße Kugel.

Sie glauben mir nicht?, fragte der alte Kapitän.

Der Affe nickte.

Ich habe Ihnen schon viel geglaubt, aber es gibt Grenzen.

Triumphierend zog Schwarzbart seine Hand aus der Tasche und hielt seinen Zeigefinger in die Luft. Die obere Hälfte des Fingers bestand nur noch aus einem schwarzen Rest.

Was soll ich Ihnen sagen, fuhr Schwarzbart fort. Auf dem Rückweg wollte die Prinzessin unbedingt, dass ich auch den Mond anfassen sollte. Also pustete ich noch mehr Luft zwischen Holz- und Eisenwand, bis sich das Boot in ein Luftschiff verwandelte und vom Wind in die Wolken geblasen wurde.

Doch das ist schon wieder etwas anderes,
mein nächstes Abenteuer.
Und davon später, vielleicht, später,
eine Mondrunde später, wir werden sehen,
wenn der Mond aufgewacht ist, vielleicht dann,
wir werden sehen, vielleicht

4
Der fehlende Tag

Habe ich Ihnen schon einmal mein frühestes Abenteuer erzählt?, fragte Schwarzbart den Affen Mikado.

Der Affe schüttelte müde den Kopf.

Gut, dass Sie müde sind, sagte Schwarzbart, denn dieses Abenteuer kann man nur jemandem erzählen, der schläft.

Kein Problem, entgegnete Mikado, er gähnte noch einmal herzhaft und riss dabei soweit den Mund auf, dass 50 Bananen auf einmal hineingepasst hätten. Dann schlief er ein...

Vor zwei Jahren habe ich einmal einen ganzen Tag verschlafen. Als ich aufwachte, war es schon abends und dunkel, ich dachte deshalb, es wäre noch immer dieselbe Nacht und schlief weiter. Erst am nächsten Tag, beim Blick in die Zeitung, stellte ich fest, dass ich einen ganzen Tag verschlafen hatte. Es war sehr schlimm, denn am verschlafenen Tag hatte ich einen sehr wichtigen Termin. Nun versuchen Sie einmal, die Zeit einzuholen oder sie zurückzudrehen, von mir aus auch, um sie zurückzubringen. Es gelingt nicht. Oder legen Sie ein Blatt Papier auf die Zeit, die Zeit ist weg und auch das Blatt Papier, Sie können beides nicht mehr zurückholen.

Leider hat sich durch den verschlafenen Tag auch mein ganzes Leben um einen Tag verschoben, alles

Wichtige verschob sich um einen Tag, ebenso mein Geburtstag. Können Sie sich vorstellen, wie es ist, Geburtstag zu feiern und die vielen Gäste kommen an dem verkehrten Tag? Das ist ein Riesenabenteuer, aber davon später.

Ich fuhr mit meinem Boot auf dem Meer, dicht an der Küste, immer in Gedanken an den verlorenen Tag. Auf einmal sah ich am Ufer ein großes Hinweisschild:

Zur Zeit!

Wissen Sie, wie viele Schilder ich in meinem Leben schon gesehen habe, Schilder, auf denen etwa stand: zur Stadt, zum Rummel, zum Aussichtsturm, aber ein Hinweisschild, das den Weg zur Zeit zeigte, war mir neu. Also folgte ich dem Schild. Als ich im Boot unter den Schatten der Bäume auftauchte, wie ich erzählte fuhr ich sehr dicht am Ufer, sah ich einen Platz mit einer riesigen Kurbel. An der Kurbel hing ein Schild:

Die Zeit!

Offensichtlich war ich der erste Mensch an diesem Ort, ich konnte jedenfalls keinen menschlichen Fußabdruck entdecken. Ebenso konnte ich keine Fußspuren, Fingerabdrücke oder liegengelassene, gesprochene Worte finden. Aber ich wusste sofort: Wenn ich die Kurbel zurückdrehte, konnte ich den verschlafenen Tag zurückbekommen.

Hören Sie mich!?

Mikado schlief und schnarchte.

Gut, stellte Schwarzbart fest. Sie schlafen, dann kann ich das Abenteuer zu Ende erzählen.

Ich besaß eine Uhr, ich wusste, dass die Zeit, ich meine die Uhr, sehr empfindlich ist. Wenn ich sie verkehrt herum aufziehen würde, ging das komplizierte Räderwerk kaputt. Was würde geschehen, wenn ich die große Kugel der Zeit verkehrt herumdrehen würde? Vielleicht zerplatzte die Erde in zwei Hälften und in den Zwischenraum fällt eine große chinesische Stadt von oben nach unten auf die andere Seite der Erde und die Menschen müssen auf einmal in Amerika leben, obwohl sie doch viel lieber in China bleiben würden.

Ich musste es trotzdem probieren, wagen. Doch mir gelang es nicht, die gewaltige Kurbel zu drehen.

Mein Segel, fiel es mir ein. Ich spannte es an die Kurbel und wartete auf den Wind. Ehe ich mich versah, tauchte ein ansehnlicher Wind auf und blies ins Segel. Die Kurbel drehte sich rückwärts, immer schneller. Bevor ich sie stoppen, also mein Segel wieder abbauen konnte, hatte sie sich aber bereits zweimal gedreht, ich hatte die Zeit also um zwei Tage zurückgedreht!

Auf der einen Seite hatte ich Glück, denn mein verlorengegangener Tag mit dem wichtigen Termin lag jetzt wieder vor mir, war noch nicht abgelaufen.

Auf der anderen Seite hatte ich aber auch gewaltiges Pech. Vor zwei Tagen hatte ich nämlich Frühjahrsputz auf meinem Boot gemacht, alle Bretter und

Winkel geschrubbt, die Netze geflickt, den Motor überholt und alles gestrichen. Als ich mich von der Kurbel umdrehte und auf mein Boot sah, fand ich meine Ängste bestätigt. Das Boot lag dreckig, mit abgeplatzter Farbe vor mir.

Ich musste alles wiederholen, Frühjahrsputz, Bretter schrubben, Netze flicken, Motor überholen und das Boot streichen.

Finden Sie das gerecht von der Zeit?

Mikado antwortete nicht, er schlief friedlich weiter, schließlich war es ja ein Schlafabenteuer.

Schwarzbart seufzte. Nur ungern dachte er an das Abenteuer zurück, zumindest an diesen Punkt des Abenteuers. Dieser Abenteuerpunkt bedeutete nichts anderes, als alles noch einmal zu tun. Jedes Brett, jeden Winkel noch einmal putzen, den Motor noch einmal überholen, das gesamte Boot ein weiteres Mal streichen. Dafür besaß er anschließend das einzige Boot, auf dem jede Ecke innerhalb kürzester Zeit bereits zweimal geputzt worden war. Nicht einmal die eifrigste beste Hausfrau der Welt konnte da mithalten. Und es konnte nichts anderes bedeuten, als dass der neue Schmutz doppelt so lange brauchen würde, um das Boot wieder dreckig zu machen. Eine gute Investition in die Zukunft, für die nächste doppelte Zeit musste er nicht mehr putzen, nicht mehr streichen, nicht mehr einen schmutzigen Motor überholen. Er hatte gewisser-maßen die Zeit gleichzeitig rückwärts und vorwärts überholt und damit auch den Staub, den Schmutz überholt.

Er war der erste Mensch, der den Schmutz überholt hatte. Dafür hatte sich die Reise zur großen Zeitkurbel wirklich gelohnt.

Zuerst aber würde er es dem Affen gleichtun und eine Zeitrunde schlafen, bevor er alles nochmal tat und dabei nebenbei die Zeit und gleichzeitig den selbst auf dem Meer überall lauernden Staub überholen würde. Zuerst wollte er einen großen Schluck aus der Schlafpulle nehmen.

Bald liefen das leise feine Schnarchen des Affen
und das tiefe brummige Dröhnen des alten
Kapitäns um die Wette, um die Schnarchwette.
Es war die einzige Wette auf der ganzen Welt,
die im Schlaf stattfand.
Schwarzbart war der einzige Mensch auf der Welt,
der im Schlaf um die Wette lief.
Wieder einmal mehr war Schwarzbart einzigartig,
selbst im Schlaf…

5
Schleimendes Übergewicht

Sie kennen mein elftes Abenteuer noch nicht? fragte Schwarzbart den Affen Mikado, der auf einer Hängematte lag und die Mittagssonne genoss.

Mikado schüttelte den Kopf.

Nein, aber ich möchte es auch jetzt nicht hören. Wissen Sie, ich bin müde, möchte ein wenig meine Augen und Ohren ausruhen, ein wenig schlafen.

Schlafen, wiederholte Schwarzbart, ja Sie sagen es, schlafen, es war der Grund.

Der Grund wofür?, fragte Mikado müde zurück.

Er gähnte dabei so stark, dass er seinen Mund weiter aufriss als das Maul eines Krokodils. Eine ganze Bananenstaude hätte hineingepasst.

Der Grund, stammelte Schwarzbart, das Schlafen war der Grund, kein Zweifel, immer wieder habe ich darüber nachgedacht, nie kam ich zu einem anderen Ergebnis.

Worüber haben Sie nachgedacht?

Mikado sah den besorgten Kapitän an, etwas musste ihn sehr beunruhigen, allein der Gedanke daran ließ die Stimme des alten Kapitäns vibrieren.

Ich will Sie damit nicht belästigen. Außerdem wollen Sie doch schlafen, erwiderte Schwarzbart scheinbar gleichgültig.

Insgeheim klopfte er sich aber zufrieden auf die Schulter, wieder hatte er Erfolg, ein Opfer für sein Abenteuer gefunden zu haben. Zappelnd hing Mikado wie ein Fisch an der Angel, angelockt vom geheimnisvollen Köder, dem elften Abenteuer.

Ich fuhr mit meiner Neptunia durch die Nord-Südpassage des großen Meeres. Niemand hatte bei mir angeheuert, so musste ich alles allein machen, das Boot steuern, kochen, die Planken schrubben, Nachtwache halten, immer dasselbe, Tag ein, Tag aus, viele Wochen lang. Bald konnte ich mich nicht mehr wachhalten. Ich klemmte mir Streichhölzer zwischen die Augenlider, um wach zu bleiben, steckte mir einen Krebs in die Hosentasche, der mich alle paar Minuten ins Bein zwickte, alles nur, um wach zu bleiben.

Nichts half mehr, der Schlaf übermannte mich, führerlos trieb mein Boot über das Meer.

Eigentlich gab es keine Gefahr. Die See war ruhig, der Wind wehte nur schwach, seit Tagen keine Wetterfront. Mit einer Gefahr hatte ich aber nicht gerechnet, eine Gefahr, die ich bis dahin nicht kannte, die unheimlich, still und leise im Wasser schwamm und mein Boot umkreiste.

Jaja, dachte Mikado, jetzt kommt sicherlich wieder eine Stelle mit einem wilden Meeresungeheuer, das der alte Kapitän besiegte.

Nicht, was Sie denken, fuhr Schwarzbart vorwurfsvoll fort, er konnte offensichtlich wirklich die Gedanken anderer lesen. Nicht, was Sie denken, viel schlimmer. Um mein Boot kreisten tausende von Wassermuschelschnecken, Wassermuschelschnecken nicht größer als meine Hand, aber faul, sage ich Ihnen, wie der Erfinder des Schlaraffenlands. Diese Muschelschnecken klammerten sich mit ihren Saugnäpfen an meinen Bootsrumpf, um nicht selbst schwimmen zu müssen. Mehr und mehr von ihnen klammerten sich an die alten Schiffsbretter, bis...

Es entstand eine Pause.

Schwarzbart fiel es schwer, weiter zu erzählen. Etwas Schreckliches musste er erlebt haben. Stockend fuhr er fort.

Das Boot wurde immer schwerer - durch die vielen Muschelschnecken, die sich außen festklammerten. Ich schlief. Nichts merkte ich. Erst durch einen dumpfen Aufprall wurde ich wach. Die vielen Muscheln hatten durch ihr Gewicht mein Segelboot in die Tiefe des Meeres hinabgerissen.

Als ich die Augen aufschlug, umfing mich die Dunkelheit des Wassers. Die leuchtenden Augen der Fische tauchten vor meiner Kajüte auf, riesige Kraken glitten über mein untergegangenes Boot hinweg. Zum Glück war mein Boot so schnell gesunken, dass sich eine große Luftblase in der Kajüte gebildet hatte, die mich umschloss, für einige Minuten Luft zum Atmen ließ. Für einige Minuten, qualvolle

Minuten. Danach würde ich ersticken, kein angenehmer Tod.

Wo war die Lösung, gab es überhaupt eine Lösung? Brauche ich überhaupt eine Lösung? Vielleicht findet mich der Tod unter Wasser nicht und ich werde mein weiteres Leben in einem Segelschiff auf dem Grund des Meeres zubringen?

Fragen über Fragen schossen durch meinen Kopf. Ich musste meine Gedanken bremsen, sonst würde mein Denken zu viel Sauerstoff verbrauchen und ich besaß doch nur das bisschen in der Luftblase um mich herum.

Ich könnte mein Boot mit einem Lasso an einen vorbeischwimmenden Wal festbinden. Wale müssen alle paar Minuten an die Oberfläche, Luft schnappen. Der Wal würde mein Boot nach oben ziehen. Lange wartete ich, die Luftblase war um die Hälfte geschrumpft, meine Füße steckten schon zur Hälfte hinaus, es kam kein Wal vorbei.

Die Muschelschnecken, durchfuhr es mich, sie haben mich in die Tiefe hinabgezogen. Wenn ich es schaffte, sie loszuwerden, konnte mein Boot wieder auftauchen.

Aber wie verscheucht man tausende von Muschelschnecken, die sich mit ihren widerlichen Saugnäpfen am Bootsrumpf festgekrallt haben?

Aus dem Kajütenfenster sah ich die meterhohen Felswände und messerscharfen

Korallenbänke, die sich vom Meeresboden erhoben. Das war die Lösung. Ich startete den Bootsmotor, zum Glück funktionierte er, und setzte das Boot in Bewegung. Schwerfällig kroch die alte Neptunia über den Meeresboden. Dann steuerte ich das Boot so haarscharf an dem Felsen vorbei, dass die Muschelschnecken von den scharfen Korallenwänden wie mit einem Messer abrasiert wurden. Mehrmals umkreiste ich die Felsen, äußerst behutsam, ich durfte nicht riskieren, dass bei dem Manöver der Bootsrumpf aufgeschlitzt wurde.

Schließlich waren die meisten Muscheln abgetrennt. Mit einem Kärcher sammelte ich die abgetrennten Muscheln ein, nur einen Teil, ich hatte die Grundlage für ein leckeres französisches Essen verdient. Jetzt gab es allerdings noch zu viel Wasser, das an meinem Boot hing, sodass es noch immer nicht auftauchen konnte.

Was du mit den Muschelschnecken getan hast, kannst du auch mit dem Wasser machen, durchfuhr es meinen alten Kopf. Ich musste nur noch dichter an die scharfen Korallenwände heran. Mehr als behutsam steuerte ich mein altes Boot an die scharfkantige Korallenwand heran, nicht das dünnste Haar dieser Erde hätte zwischen meinem Boot und der Korallenwand gepasst. Mit Erfolg!

Ich war jetzt so dicht dran, dass die scharfen Korallenwände sogar das überflüssige Wasser von meinem Boot abschabten, abschnitten. Mir war es gelungen, das Wasser auf diese Weise durchzuschneiden.

Staunend beobachtete ich, wie das abgeschnittene Wasser vom Bootsrumpf fiel.

Endlich war alles leicht genug und ich stieg wie eine Luftblase mit meinem Boot auf. Dabei entfernte ich einige der verbliebenen Muschelschnecken, mit jedem Tier weniger tauchte ich schneller an die Oberfläche.

Schließlich erreichte ich eine Geschwindigkeit wie eine Rakete und schoss meterhoch aus dem Wasser hervor, wie ein düsengetriebener Heißluftballon, der in den Wolken verschwindet.

Verstehen Sie das?

Der Affe antwortete nicht.

Schwarzbart drehte sich um. Mikado war eingeschlafen, schlummerte friedlich in seiner Hängematte. Schwarzbart griff in seine Tasche und holte eine Muschelschnecke heraus, die er seit diesem Erlebnis immer bei sich trug. Die Taschen seines alten Kapitänanzugs waren wie große Tonnen ausgebeult, denn von jedem seiner Abenteuer behielt er ein kleines Erinnerungsstück zurück.

Er legte Mikado die Muschelschnecke auf die geschlossenen Augen, oft hatte er es selbst ausprobiert, es war eine hervorragende Methode, ruhig und sanft weiterzuschlafen, trotz all des Lärms um einen herum.

Er dachte an sein altes Boot, das höher und höher gestiegen war und bald zwischen den dichten Regenwolken verschwand. Er dachte, wie er mit seinem fliegenden Segelboot Flugzeugen begegnete, dachte an die fremde Luftschicht, in dem sich die alten Drachen, von denen alle dachten, sie seien ausgestorben, versteckt hatten. Dachte an die Wolke mit den tausenden Gespenstern, die auf der Reise zu einer alten Burgruine waren. Dachte an all diese Erlebnisse, er würde sie Mikado erzählen, später, vielleicht, vielleicht ein anderes Mal, wenn der Affe noch rechtzeitig vor dem Ende der Nacht aufwachen würde.

Denn inzwischen war es vom langen
Abenteuer tatsächlich Nacht geworden.
Vielleicht vor dem Ende dieser Nacht,
vielleicht,
aber nur ein kleines bisschen vielleicht,
würde er Mikado von den vielen Luft- und
Wolkenabenteuern erzählen.

6
Das abgesoffene Meer

Wissen Sie, sagte Schwarzbart, ach Sie können es nicht wissen, Sie sitzen nur in den Bäumen und streicheln die Blätter, damit die Bananen größer und schneller wachsen. Wissen Sie, vor einem Jahr war ich gerade auf dem Weg zum Meer... Ach, ja, da fällt mir am Rande ein, also ich war gerade auf dem Weg zum Meer, auf einmal schreit jemand laut und tief:

Auh, auh, auh.

Ich blicke mich um, niemand war zu sehen.

Eine Ameise, dachte ich, vielleicht war ich einer Ameise auf die Zehen getreten. Vorsichtig hob ich meinen Fuß, weit und breit keine Ameise. Als ich den Fuß wieder aufsetzte, schrie es erneut:

Auh, auh, auh.

So oft ich dem Fuß auf dieselbe Stelle setzte, schrie jemand schmerzerfüllt auf. Noch einmal blickte ich mich um und hatte das Gefühl, dass mich ein Baum, der direkt hinter mir stand, ärgerlich anschaute.

Ich verstand. Versehentlich war ich ihm auf eine Wurzel getreten. Höflich wie ich bin, entschuldigte ich mich und „wässerte ihn als Entschuldigung etwas".

War es ein Bananenbaum, fragte Mikado.

Nein.

Dann macht es nichts, Sie hätten sich sonst nicht entschuldigen müssen. Was meinen Sie eigentlich mit „wässern"?

Schwarzbart wurde rot, überall, wo kein schwarzer Bartwuchs war, sprang die gerötete Haut hervor.

Sie wissen schon, wenn man zu viel Wasser mit sich herumträgt und ein Baum braucht doch immer...

Schweigen Sie lieber, unterbrach Mikado entsetzt. Haben Sie mit dieser Methode jemals einen Bananenbaum gewässert? Nie mehr würde ich dort eine Banane pflücken.

Wie kommen Sie darauf?, antwortete Schwarzbart. Was denken Sie eigentlich, warum Bananen schön gelb sind?

Mikado schüttelte den Kopf.

Erzählen Sie lieber weiter, bevor Sie noch weitere komische Bemerkungen machen.

Sie waren auf dem Weg zum Strand. Ist das alles? Wo bleibt das Abenteuer. Wahrscheinlich haben Sie keines erlebt.

Oh doch, erwiderte Schwarzbart. Als ich den Dschungel verließ und meinen Fuß auf den Strand setzte, traute ich meinen Augen nicht:

Das Meer war weg. Spurlos verschwunden. Wo noch gestern das Meer war, fand ich nur noch eine riesige leere Grube. Überall lagen Fische herum und japsten, starrten mich mit weit aufgerissenen Augen an.

Was wollten sie von Ihnen?, fragte Mikado.

Bestimmt keine Bananen, Sie brauchen keine Angst zu haben. Luft wollten sie, ich meine Wasser, nein Luft und Wasser, sie wollten Wasser gemischt mit Luft.

Sie waren doch an der Luft, unterbrach Mikado, war ihnen das nicht genug Luft?

Überall gibt es Luft, Sie wissen das von mir, Luft im, Luft unter und Luft über dem Wasser, keine Ahnung, woher die Luft kommt, aber sie ist einfach da. Manche sagen, sie kommt von den Bäumen, aber haben Sie schon einmal einen Baum ein- oder ausatmen gesehen? Jedenfalls die sauberste Luft befindet sich in Wasser, was meinen Sie, warum das Meer den ganzen Tag Wellen macht? Es wäscht, es wäscht die schmutzige Luft, die von oben ins Wasser tropft. Und Fische brauchen diese saubere Luft.

Zwischen den Fischen lagen faustgroße Bernsteine, nach Jahrtausenden endlich freigelegt, weil das Meer verschwunden war. Bernsteingold! Ich war ein reicher Mann. Ein riesiges Schloss, nur aus Bernstein, würde ich mir bauen, die

Wände golden wie Honig und durchsichtig wie Kristall, ein Schloss aus Bernstein und in den Bernstein die gefangenen Abenteuer von 1000 Jahren Meeresgeschichte. Jeden Tag würde ich mir einen neuen Bernstein betrachten, ein neues spannendes Abenteuer finden, das dort eingefangen war.

Wo haben Sie ihr Bernsteinschloss, fragte Mikado, Ihre Hütte, sie besteht doch nur aus alten Schiffsbrettern. Außerdem ist es gefährlich, ein Bernsteinschloss zu besitzen. Jetzt kann ich Ihnen auch einmal ein Abenteuer erzählen. Kein eigenes, ein gelesenes. Von einem König, der sich einmal ein Zimmer aus Bernstein schenken ließ. Und was nun? Alles verschwunden! Der König verschwunden. Das Zimmer aus Bernstein verschwunden. Geben Sie acht, dass nicht auch Ihr ganzes Schloss aus Bernstein verschwindet. Aber vielleicht ist es bereits verschwunden. Ich sehe nur noch Ihre kleine Hütte.

Ich konnte wählen, unterbrach Schwarzbart, entweder das Leben der Fische oder den Bernstein.

Haben oder Sein, das war hier die Frage. Mein Fuß entschied für mich. Ehe ich mich versah, rannten meine Beine zur Hütte, davor besitze ich einen kleinen Brunnen. Eilig füllte ich zwei Eimer und lief zurück. Eine Stunde ging es so weiter, es bildeten sich nur kleine Pfützen, die riesige Grube blieb leer.

Versuchen Sie einmal, seufzte Schwarzbart, mit einem Eimer ein Meer aufzufüllen. Entmutigt betrachtete ich die riesige leere Grube, da machte ich eine interessante Beobachtung. Alle Pfützen blieben, nur an einer Stelle verschwand das Wasser. Neugierig betrachtete ich den Flecken, direkt in der Mitte des nassen Bodens ein Loch, nicht größer als eine Stecknadel.

Aha, hier war das Meer ausgelaufen.

Zum Glück trage ich immer eine Stecknadel in meiner Tasche. Natürlich im geschlossenen Zustand, alles andere wäre mir zu heikel. Ich kramte sie hervor und steckte sie ins Loch. Dann, einen Eimer Wasser hinterher gekippt, die Stelle war dicht. Doch wo steckte das andere Wasser? Irgendwo unter dem Meeresboden musste es sich versteckt haben. Vorsichtig klopfte ich den Boden ab, überall klang er dumpf und schwer, auf einmal ein Geräusch wie ein volles Weinfass. Ich hatte das ausgelaufene Meer gefunden. Vor Freude sprang ich in die Luft, als ich wieder landete, brach ich durch den Boden, die gewaltige unterirdische Wasserblase platzte auf...

Bei ihrem Gewicht kein Wunder, flüsterte Mikado - zum Glück hörte es Schwarzbart nicht, er war total in seinen Erinnerungen versunken –

...also die Wasserblase brach auf und eine Fontäne schleuderte mich kilometerweit in die Luft.

Als ich nach einer Stunde wieder landete, so lange dauerte mein Flug, hatte sich das Meer zum Glück wieder mit Wasser gefüllt, ich klatschte auf die salzige Flüssigkeit. Ich hatte so viel Fahrt, dass ich bis zum Meeresboden untertauchte, dort konnte ich gerade noch einen Bernstein greifen, bevor ich mit letzter Kraft wieder die Oberfläche erreichte.

Schwarzbart öffnete die Hand.

Das ist der Bernstein, erklärte er, ich trage ihn immer bei mir. Immer bei mir trage ich eine Stecknadel, falls noch einmal ein Meer ausläuft, und den Bernstein. Und damit ich keines der beiden Dinge verliere habe ich die Stecknadel im Bernstein befestigt oder umgekehrt, ich weiß nicht mehr, in welcher Reihenfolge ich was wohin zuerst gesteckt habe.

Neugierig betrachtete Mikado das gute Stück. Nie zuvor hatte er Bernstein gesehen. Er war gelb wie Honig und gebogen wie eine Banane, nur nicht so groß.

Sind Sie sicher, dass es keine Banane ist? Vielleicht eine versteinerte. Ich könnte einmal probieren, schlug Mikado fort.

Hastig stellte Schwarzbart den Stein weg. Sicher ist sicher. Besser bernsteinsicher als bananensicher.

7
Die Welt der Unstille hinter dem Wunderglas

Sie kennen mein 18. Abenteuer noch nicht? Mikado antwortete nicht, vor drei Tagen hatte er entschieden, mit Schwarzbart nicht mehr zu sprechen. Er wusste nicht warum, einfach nur so, es eben einfach mal anders machen, auf keine Fragen mehr antworten.

Aha, sie leben in der Welt der Stille, sagte Schwarzbart. Sie ist wie ein Sumpf ~ weich und sanft, doch ehe man sich versieht, ist man bis zum Hals versunken und kommt nicht mehr heraus. Mikado antwortete noch immer nicht.

Es gibt künstliche Türen aus der Welt der Stille, fuhr Schwarzbart fort. Wissen Sie, was künstliche Türen sind?

Nun, ich werde es ihnen erklären. Sie sind in einem Raum, an allen Wänden sehen sie Türen. Sie freuen sich, denn endlich können Sie nach draußen. Doch wenn Sie eine Tür öffnen, ist dahinter eine Mauer, es war eben eine künstliche Tür. Sie haben immer das Gefühl, jederzeit durch eine Tür den Raum verlassen zu können, doch es geht nicht, weil hinter jeder Tür eine Mauer ist.

Früher lebte ich in einer großen Stadt aus Stein, die Einwohner nannten sie Steinwüste, alles war aus Stein. Ich besaß ein kleines Haus, nicht größer als diese Hütte, aber aus Stein.

Verstehen Sie? Ach so, Sie leben ja in einer Welt der Stille, Sie können mich vielleicht nicht hören, Sie können nicht sprechen, ich vergaß es.

Eines Tages gingen alle Glasscheiben meines Hauses kaputt, ein Wirbelsturm, kam öfter in dieser Gegend vor. Das Problem waren die Mücken, riesige Schwärme durchzogen die Straßen und suchten Häuser mit offenen Fenstern, um sich an den Menschen zu rächen, die ihnen das Sumpfland geraubt hatten, es in eine Steinwüste verwandelt hatten. Es gab kein Glas mehr. Die Einwohner ließen sich an jeder Öffnung ihrer Häuser zehn Fensterscheiben hintereinander anbringen, aus Angst vor den Mücken; ging eine Scheibe zu Bruch, schützten immer noch die nächsten neun Fensterscheiben. Deshalb gab es kein Glas mehr. Auf dem Heimweg kam ich an einer Müllhalde vorbei, dort lagen Gegenstände, die ich nie zuvor gesehen hatte.

Viele kleine Zimmer lagen auf der Müllhalde, ich meine Kästen, die vorne eine Glasscheibe hatten. Diese Müllwüste hatte verschiedene Namen, Fernseher, Computer, Laptop, es waren einige der Namen. Fragen Sie mich nicht, was man mit diesen Kästen machen kann, ich weiß es nicht. Sie waren für mich aber plötzlich interessant geworden, denn jeder Kasten hatte eine Glasscheibe und ich brauchte doch dringend neue Fensterscheiben für mein Haus. Also baute ich mir alle Glasscheiben aus, die ich finden konnte, rannte nach Hause und verschloss damit meine kaputten Fenster-öffnungen. Zufrieden legte ich mich schlafen, ich war sicher, sicher vor Mücken, Dieben, Einbrechern und Räubern.

Ich hatte noch keine Stunde geschlafen, als ein lauter Knall an mein Ohr drang, ein zweiter Knall, kein Zweifel, Schüsse peitschten durch mein Haus. Im nächsten Moment hörte ich, wie ein Mann mit einem entsetzlichen Schrei leblos zu Boden fiel, eine Blutlache bildete sich unter dem Körper. Im selben Augenblick heulte ein Motor auf, kein Zweifel, ein Gangsterauto. Völlig verwundert registrierte ich, dass der Gangsterwagen nicht etwa floh, nein, er raste auf mein Haus zu, ohne zu bremsen durchbrach der gepanzerte Wagen die Wand und fuhr ins Zimmer. Mehrere Polizeiautos jagten hinterher, bald rasten sie mitten durch mein Haus den Gangstern nach. Ich staunte noch ungläubig auf die Verfolgungsjagd, da vernahm ich von hinten ein gewaltiges Getöse.

Als ich mich umdrehte, erkannte ich eine Meute Indianer, die mit Kriegsgeheul auf mich zu ritten. In letzter Sekunde warf ich mich zur Seite, wildes Pferdegetrampel fegte über mein Bett hinweg, aufgeschreckt durch die rasenden Autos scheuten die Pferde, bäumte sich auf und warfen die Indianer zu Boden. Mitten in diesem Tohuwabohu tauchte ein weißer Schwan auf. Majestätisch wie eine Königin schwamm er über smaragdgrünes Wasser, das sich durch mein Haus schlängelte. Sanfte Sphärenklänge trugen den Schwan, er schwebte auf dem Wasser wie eine Feder im Hauch des lauen Sommerwindes. Doch was war das? Am Ufer des Wassers, auf der anderen Seite meines Zimmers, tauchte ein Tiger aus dem Gebüsch auf. Er schien sich nicht um die herumrasenden Autos und schreienden Indianer zu scheren, sondern starrte gierig auf den weißen Schwan.

Nein, nicht! schrie ich, *tauch unter!*
Doch der Schwan hörte mich nicht. Die Muskeln des Tigers spannten sich an. Sie machten einen gewaltigen Satz auf den Schwan zu. Mitten in der Luft, als er mich erblickte, drehte der Tiger sich zur Seite und flog jetzt direkt auf mich zu. Hinter mir schrie ein Indianer entsetzt auf,

wahrscheinlich hatte auch er jetzt den Tiger bemerkt.

Sie haben geträumt, sagte Mikado.

Auf einmal war der Affe aus dem Land der Stille aufgetaucht, konnte wieder hören und wieder sprechen.

Sie haben geträumt, wiederholte er zu Schwarzbart.

Nein, antwortete ihm der alte Kapitän, ich schwöre Ihnen, es war kein Traum.

Ich glaube Ihnen nicht, beharrte Mikado. So etwas gibt es gar nicht. Autos die mitten durch ihr Haus jagen, ein Fluss, der durch ihr Zimmer fließt, ein Tiger hinter ihrem Kleiderschrank und Pferde im Wohnzimmer, die auf ihrem Rücken kriegsbemalte Indianer tragen. Sie haben geträumt.

Ich versichere Ihnen, ich habe nicht geträumt. Lassen Sie uns eine Wette abschließen. Eine Wette um das 19. Abenteuer. Verlieren Sie, müssen Sie sich...

Na gut, antwortete Mikado, wenn sie nicht geträumt haben, was war es dann?

Wissen Sie, ich habe Ihnen von den Fernsehern erzählt. Dass ich die Scheiben dieser Geräte als Fensterscheiben in mein Haus eingebaut habe. Wissen Sie, was Fernseher sind?

Kästen, die 24 Stunden lang bunte Bilder von allem möglichen ausspucken. Auf einmal erschienen alle diese Dinge, von denen ich Ihnen erzählt habe, auf meinen Fensterscheiben, Sie verstehen warum, weil es doch die Mattscheiben alter Fernseher waren.

Und was haben Sie gemacht?, fragte Mikado, damit der Spuk aufhörte.

Ich nahm meinen Revolver und habe alle diese Scheiben kaputtgeschossen. Lieber lasse ich mich von einem Schwarm Mücken auffressen, anstatt das noch einmal zu erleben.

Und später habe ich die Steinwüste verlassen. Ich bin nur noch in Länder gereist, wo es diese seltsamen Kästen, ich meine Fernseher, nicht gab. Viele Plätze auf der Welt habe ich nicht gefunden, aber glauben Sie mir, jeder hat sich gelohnt, jeder war schön wie eine Oase in der Wüste. Die Wüste erscheint eintönig, aber es passiert viel in der Wüste, auf dem Sand und unter dem Sand. Ich könnte Ihnen Tausende von Abenteuern erzählen, von Dingen, die in der Wüste passieren.

Vielleicht auch unter einer Steinwüste, einer fernsehenden Steinwüste. Vielleicht auch dort. Dort soll es eine Unterwelt geben.

Ach, was rede ich. In den Steinwüsten soll es zwei Unterwelten geben, mindestens zwei. Eine richtige unter der Erde und eine andere Unterwelt, die sich aber oben über der Erde befindet. In die man sich besser nicht hineinbegibt, wegen dunkler Gestalten, einige gefährlicher als Drachen, weil sie an jedem Finger eine Pistole haben und zwischen jedem Finger ein Messer. Das ergibt eine dunkle Gestalt mit gleichzeitig zehn Pistolen und acht Messern, glauben Sie mir, ich habe nach-gerechnet. Jedenfalls habe ich davon gehört.

Abtauchen in diese Unterwelten konnte ich jedoch nicht, ich habe lieber schnell die Steinwüste verlassen. Die Unterwelt unter der richtigen Wüste schien mir interessanter. Am interessantesten ist jedoch die Unterwelt unter der Wasseroberfläche. Es hat mich mein halbes Leben gekostet, das herauszufinden. Sie sitzen gemütlich in ihrer Kajüte und ahnen nicht, dass direkt unter ihrem Boot ein Hai mit seinen übermesserscharfen Zähnen lauert, nur darauf wartend, ob sie ahnungslos ihren Fuß durch die Holzplanken stecken, um sich etwas Abkühlung zu verschaffen.

Wie ich das herausgefunden habe?

Natürlich nicht durch Abtauchen, nur ein Wassernarr taucht in das Meer neben einem Boot, unter dem sich ein Hai versteckt hat. Ich hatte eine dieser seltsamen Glasscheiben als Erinnerung mit auf mein Boot genommen. Und da diese Glasscheibe keine Bilder mehr zeigte, musste etwas nicht stimmen. Deshalb habe ich sie in den Boden meines alten Schiffes einge-baut. Und seitdem zeigten sich die buntesten Bilder, die Sie sich vorstellen können, auf dieser Glasscheibe, sie funktionierte wieder.

Ich hatte einen Wasserfernnahseher. Und nicht wie andere einen Fernseher an der Wand.

Nein, auf dem Boden. Sehen Sie, dort gehören Fernseher hin, auf den Boden, damit Ihre Füße die Bilder beim Herüberlaufen fühlen können. Bilder mit Augen ansehen ist langweilig. Sie müssen sich die Bilder mit Ihren Füßen ansehen, plötzlich stecken Sie wirklich in den Bildern drin.

Doch davon ein anderes Mal, vielleicht später,
wenn Sie in Wüstenstimmung sind,
vielleicht eine Wüstenlänge später,
wir werden sehen, die Wüste und wir,
wir werden sehen.

8
Getigerte Diamantenhypnose

Wissen Sie, sagte Schwarzbart, Sie kennen mein E-Abenteuer noch nicht?

Welches Abenteuer?, fragte Mikado.

Das E-Abenteuer. Kein Elektroabenteuer. Ein E-Abenteuer. Ich habe es nicht nummeriert, mit Zahlen, Sie verstehen, habe es nicht mit Zahlen nummeriert, sondern alphabetisiert, mit einem großen E elphebetesiert.

E wie Erdbeeren?, fragte Mikado.

E wie Esel, unterbrach Schwarzbart, pardon, ich meine E wie Elefant. Drei Jahre war ich in Indien, ich erinnere mich genau, es ist gerade 5 Sekunden her.

Indien? Sie sind „in die N" gereist? Wie reist man denn in einen Buchstaben? Wohin sind Sie gereist, zum N?

Schwarzbart schüttelte den Kopf. Wie sollte er, der mehr als die ganze Welt gesehen hatte, jemanden, einem anderen, etwas erklären, einem Affen, der nie über die Grenze seiner kleinen Bananeninsel gekommen ist.

Indien, das liegt ungefähr sieben Tage geradeaus, dann eine 30° Körperdrehung. Wenn Sie in Ihr persönliches Indien wollen, müssen Sie genau so eine weite Drehung machen, wie Ihre Körpertemperatur beträgt; also wahrscheinlich eine 37° Grad Drehung; machen Sie diese Drehung nicht, wenn sie Fieber haben, dann müssen Sie eine 40°

Drehung vollziehen und landen in dem heißesten Teil von Indien, wo man mit den Füßen nie den Boden berührt, weil es dort so viele Krokodile, Tiger und Schlangen gibt, dass man nur über deren Rücken laufen kann. Also eine Körpertemperaturgraddrehung nach links bis zum nächsten Berg, zur Hälfte um den Berg herum und noch einmal zwei Tage schnurstracks südöstliche Richtung. Merken Sie sich das, so kommen Sie nach Indien, jedenfalls ist es der kürzeste Weg. Dort lebte ich in einem kleinen Dorf mit 100 Einwohnern und um das Dorf herum lebten 200 Tiger.

Mehr Tiger als Menschen, fragte Mikado neugierig, wie kommt das?

Ich erzähle es Ihnen lieber nicht. Jedenfalls manchmal schlichen sich die Tiger nachts ins Dorf, am nächsten Tag fehlten dann jede Menge Hühner, Schafe oder Kühe.

Und Menschen?

Nicht mich, unterbrach Schwarzbart. Es reicht, wenn selbst Kühe fehlten. Niemand wusste Rat. Aber der Dorfälteste versprach demjenigen, der die Tigerplage beseitigte, alle Edelsteine, die es im Dorf gab.

Im Zelt des Dorfältesten stand eine Truhe, groß wie ihre Hütte, gefüllt mit allen erdenklichen Edelsteinen, Smaragden, Diamanten, Rubine, Perlen, faustgroße Gold- und Silberklumpen, mehr als Sie sich vorstellen können.

Nicht schlecht, dachte ich, damit könnte ich eine Woche meinen Lebensunterhalt bestreiten, eine

Woche nicht arbeiten, keine Angel auswerfen, nicht mit dem Boot gegen die Wellen kämpfen. Ich betrachtete die riesige Menge Edelsteine, als ein Sonnenstrahl auf die Kiste fiel und vom größten Rubin direkt auf mein Gesicht geleitet wurde. Wie Schuppen fiel es mir von den Augen, was zu tun war. Nur mit einem Turban und kurzer Hose bekleidet lief ich in den Dschungel, setzte mich auf eine große Lichtung und legte ein großes Stück Fleisch als Köder auf meinen Kopf. Nicht lange, und die ersten Tiger tauchten aus dem Dickicht auf, kurz danach hatten alle 200 einen furchterregenden Kreis um mich herum gebildet. Ich wusste nicht, ob sie mich oder das Fleischstück auf meinem Kopf gieriger anstarrten.

Blitzschnell holte ich eine Flöte unter meinem Turban hervor und begann, abwechselnd zu singen und zu flöten. Sofort blieben die Tiger wie versteinert stehen.

Wow, es hatte funktioniert, 200 Tiger, auf einen Schlag hypnotisiert und versteinert. Ich erhob mich, gab dem ersten Tiger einen Stups, wie ein Maikäfer fiel er auf den Rücken und strampelte mit seinen Füßen in der Luft. Nacheinander kippte ich alle 200 Tiger um. Dann flüsterte ich jedem ins Ohr, er sei von nun an ein Elefant, fresse Gras und Äste, suhle sich in Schlammlöchern und habe Ohren groß wie ein Fenster. Ich musste es wissen, lebte ich doch vor vielen Jahren einmal in einem Haus, dessen Fensterläden aus Elefantenohren, deren Leitern aus Giraffenhälsen, deren Gartenrutsche aus einem Dinosaurierhals bestanden. Nach dem letzten umgekippten hypnotisierten Tiger schnipste ich laut in die Luft, - von Geisterhand geweckt wachten die Tiger auf.

Ich lief vorweg und alle 200 folgten mir im Gänsemarsch ins Dorf. Die Bewohner hätten Sie sehen sollen. Alle verkrochen sich in ihre Hütten, lange dauerte es, bis sich einer nach dem anderen hinauswagte. Vor ihren Augen suhlten sich die Tiger in Schlammlöchern, fraßen Blätter von den Büschen oder schleppten auf mein Geheiß große Baumstämme fort. Einige füllten ihr Maul mit Wasser und stießen es im hohen Bogen in die Luft, als ob sie einen Rüssel hätten. Wieder andere knieten sich auf ihre Vorderpfoten und ließen die Dorfbewohner auf ihrem Rücken reiten.

Eine Frage habe ich, sagte Mikado, Sie haben doch den riesigen Schatz bekommen. Wie viel Bananen hätte man davon kaufen können?

Schwarzbart schüttelte den Kopf:

Gerade habe ich als erster Mensch 200 Tiger gleichzeitig dressiert und Sie, Sie denken an nichts anderes als nur an Bananen!

Dressiert, unterbrach Mikado, sagten Sie dressiert? Hätten Sie die Tiger nicht dressieren können, Bananen zu pflücken und vor meiner Hütte abzulegen? Ich werde alt, müssen Sie wissen, das Bäumeklettern, meine Wirbelsäule, es fällt mir immer schwerer. Ein Tiger als Butler, der Bananen pflückt aber selbst keine frisst, wie viel Gutes hätten Sie mir tun können.

Schwarzbart betrachtete Mikado.

Stellen Sie sich vor, Sie pflücken die Bananen im Schlaf. Im Schlaf fällt alles leichter. Und wenn Sie fest daran glauben, liegen am nächsten Morgen die abgepackten Bananen vor ihrer Hütte. Somit brauchen Sie sich weder anzustrengen noch 200 Tiger als Butler, die für Sie den Baum emporklettern. In der nächsten Nacht stellen Sie sich bitte vor, dass Sie im Schlaf die Bananen pflücken, außerdem finden Sie im Schlaf die süßesten und reifsten Bananen, die es gibt. Sie müssen ihre Arbeit einfach in die Nacht verlegen und fest daran glauben, dass der Mond, wenn er morgens verschwindet, das Ergebnis Ihrer Arbeit nicht mit sich nimmt.

Ich könnte Ihnen von Vielem erzählen,
was ich in der Nacht erledigt habe,
später, vielleicht ein anderes Mal,
könnte ich Ihnen von meiner Nachtarbeit
erzählen,
Sie würden Bauklötze, Nachtbauklötze, staunen.

Aber pardon, Sie brauchen ja keine Bauklötze sondern Bananen, vielleicht viereckige Bananen, wie wäre es mit viereckigen Bananen, Sie könnten sie leicht übereinanderstapeln, ich könnte Ihnen eine Insel nennen, auf der viereckige Bananen wachsen.

Aber davon später,
ein anderes Mal,
zunächst nehmen Sie sich vor, heute Nacht
endlich einmal zu arbeiten
und nicht nur zu schlafen.

9

Der Eisschatz

Wissen Sie, sagte Schwarzbart, Sie kennen offensichtlich und völlig unverständlicherweise mein neuntes Abenteuer noch nicht!

Der Affe Mikado blickte Schwarzbart irritiert an.

Sie haben mir das neunte Abenteuer bereits erzählt, ich glaube, Sie haben sogar schon zwei neunte Abenteuer erzählt.

Mag sein, antwortete Schwarzbart, Abenteuer sind ja meistens etwas Neues, deshalb kann es sein, dass ich in meinem Alter das Neue mit dem Alten verwechselt habe. Eigentlich war es mein 13. Abenteuer, aber man kann kein 13. Abenteuer erleben, an diesem Tag, am 13., passieren ohnehin schon die unmöglichsten, unglaublichsten, gefährlichsten, abenteuerlichsten Dinge. Deshalb wurde die 13 bei den Abenteuern gestrichen.

Wissen Sie, es gibt große Gebäude, wo die Menschen für ein paar Tage schlafen, die Menschen nennen es Hotel, und in diesen Gebäuden gibt es keine 13. Etage, es gibt dort keine Zimmernummern mit 13, weil sich niemand trauen würde, in so einer Etage oder so einem Zimmer zu übernachten. Das wäre das schlimmste Abenteuer, im Preis kostenlos inbegriffen, aber so sehr inbegriffen, dass sich niemand mehr sicher sein konnte, das Hotel am nächsten Tag noch gesund zu verlassen.

Aber lassen wir das, sagte Schwarzbart und sah dem Affen Mikado in die Augen.

Sie saßen im Urwald, die heiße Sonne brannte auf das Blätterdach, Papageien, die wie fliegende, bunte Teppiche aussahen, flatterten über ihren Kopf.

Nein, antwortete Mikado, das soll ich erlebt haben? Aber erzählen Sie weiter, Sie werden es mir schon sagen, was ich erlebt habe oder was Sie erlebt haben.

Nur wenn Sie wollen, entgegnete Schwarzbart.

Ich will, erwiderte Mikado. Zuerst muss ich aber meine Banane aufessen. Mit einer Banane im Bauch schmeckt jedes Abenteuer besser. Eigentlich müsste ich 100 Bananen essen, bevor ich eines Ihrer Abenteuer anhöre, damit es wenigstens etwas Geschmack bekommt.

Bald war die ein Meter lange Banane im Bauch des Affen verschwunden und Schwarzbart konnte mit seinem neuen, Pardon, neu(nt)en, Abenteuer beginnen.

Ich zeige Ihnen etwas, sonst verstehen Sie mein Abenteuer nicht, fing Schwarzbart an.

Etwas schwerfällig stampfte er in seine Hütte und kam kurz darauf mit einer alten Zigarrenkiste zurück.

Kommen Sie ganz dicht heran, rief er dem Affen zu. Sie können einen Blick in die Kiste werfen, nur eine Sekunde, länger darf ich sie nicht öffnen, länger würden Sie es auch nicht aushalten.

Mikado sprang vom Ast und legte gespannt seine Augen an den Kistendeckel. Schwarzbart öffnete die alte Schachtel, noch ehe der Affe ein erstauntes Ohhh ausrufen konnte, schlug der alte Kapitän den Deckel wieder zu. Fast hätte er Mikados Nase eingeklemmt. Dann rannte er so schnell er konnte zurück in die Hütte, um die wertvolle Kiste an ihren alten geheimnisvollen Platz zu stellen.

Was ist das?, fragte Mikado aufgeregt, als der alte Kapitän zurückkam.

Ich werde Ihnen mein Abenteuer erzählen, haben Sie etwas Geduld. Danach verstehen Sie, was ich Ihnen gezeigt habe, vielleicht.

Vor zehn Jahren erhielt die einen merkwürdigen Brief. Kein Absender, keine Briefmarke, kein Fingerabdruck, er enthielt nur einen kleinen Zettel mit dem Satz:

Ich kann auf dem Wasser laufen!!!!!!!!!!
Dahinter 10 !!!!!!!!!!.

Zwei Jahre habe ich gebraucht herauszufinden, woher der Brief kam. Ich kann Ihnen das nicht alles erklären, es würde drei Jahre brauchen, so aufwendig war es gewesen. Nach meiner Entdeckung hatte ich nur noch einen Wunsch:

In das Land zu reisen, wo man auf dem Wasser laufen kann.

Also machte ich meine alte Neptunia seeklar und fuhr los. Nach drei Wochen Seereise legte sich eines Tages eine riesige dunkle Wolke auf mein Schiff, schwarz wie die Nacht wurde es, ich wollte mich wehren, wach bleiben, aber die dunkle Wolke versetzte mich in einen tiefen Schlaf, so tief, wie ich noch nie im Schlaf gewesen bin. Wenn Sie ganz tief in den Schlaf hineinwandern, dann erleben Sie die seltsamsten, gefährlichsten, spannendsten Abenteuern, aber davon wollte ich Ihnen heute nichts erzählen, vielleicht später einmal.

Also, führerlos trieb mein Boot übers Meer. Ich wachte erst auf, als mich eine weiße Kugel am Kopf traf. Als ich die Augen aufschlug, sah ich seltsame weiße Hügel, direkt neben dem Wasser, hinter den Hügeln lugten Köpfe seltsamer Menschen hervor, unentwegt beschossen sie mein Boot mit weißen Kugeln - und...

Und?, fragte der Affe, haben Sie sich nicht gewehrt, zurückgeschossen, die Polizei gerufen, eine Anzeige erstattet.

Gewehrt?, lachte Schwarzbart, niemand hätte es mir geglaubt. Kugeln verschießt man mit einem Gewehr, gewehrt gegen ein Gewehr(t), welcher Polizist hätte mir geglaubt, dass ich mit Kugeln beworfen wurde. Außerdem, Schwarzbart machte wieder eine lange Pause, um bald wieder laut aufzulachen, warum, es waren Kinder und sie hatten einen Riesenspaß.

Der Affe Mikado verstand nichts. Plötzlich fiel ihm die Zigarrenkiste ein, diese geheimnisvolle Kugel, die ihm Schwarzbart gezeigt hatte.

Richtig, sagte Schwarzbart, er konnte offensichtlich Gedanken lesen, es waren ähnliche Kugeln, wie ich sie Ihnen gezeigt habe. Schnell schloss ich mit den Fremden Freundschaft. Sie lebten auf dem Wasser, liefen auf dem Wasser, schliefen auf dem Wasser, traumhaft, sage ich Ihnen.

Mikado verstand nichts mehr, woher auch, er lebte im Urwald, hatte nie von Schnee, Eskimos oder von einer zu dicken Eisdecke gefrorenen Wassers gehört, auf der man sogar laufen oder mit einem Hundeschlitten fahren konnte.

Langsam erklärte Schwarzbart ihm die fremde Welt und kam zum Ende seines neunten Abenteuers.

Es waren sehr freundliche Menschen, sagte er, als ich wieder abreiste, machten sie mir ein riesengroßes Geschenk, sie schenkten mir einen Berg, einen Eisberg.

Was wollen Sie mit einem Eisberg, nach allem, was Sie mir erklärt haben, ist er nur Wasser, nichts weiter, nur Wasser, erklärte Mikado.

Er war weit mehr wert als Gold oder Öl. Ich band ihn an mein Schiff, von hinten schoben zwei riesige Walfische, so begann ich meine Heimreise, ich begann meine Heimreise…

Auf halbem Weg machte ich Halt, als ich am Wüstenland der reichen Scheiche vorbeikam. Für viel Geld habe ich Ihnen den Eisberg verkauft. 10.000 Kamele zogen ihn an Land, bis in die Mitte eines kühlen Palmenhains. Dort schmilzt er langsam und spendet Menschen, Tieren, Pflanzen wertvolles kühles Trinkwasser.

Nachdem der ganze Eisberg geschmolzen war, bekam ich eines Tages ein Päckchen. In diesem Päckchen steckte die weiße Kugel, es war alles, was vom Eisberg übriggeblieben war, und ein Angebot, ob ich für 10.000 Goldtaler wieder einen Eisberg in die Wüste bringen würde.

Sie werden verstehen, dass es sich nicht nur um einen einfachen Eisberg gehandelt hat, vielmehr handelte es sich um das wertvollste gefrorene

Wasser, das es jemals gab. Wie sonst sollte es passieren, dass die kleine weiße Restkugel in dem Brief nicht geschmolzen ist, obwohl der Briefträger sie durch den heißen Urwald transportieren musste. Und die reichen Scheiche in der Wüste hatten bald herausgefunden, dass man mit diesem kostbaren gefrorenen Wasser das köstlichste Eis auf der ganzen Welt für ihre Kinder, aber auch für ihre teuren Kamele, Pferde und sogar für ihre teuren Pflanzen machen konnte. Sogar Eis für Pflanzen konnten sie davon herstellen. Nachdem die Pflanzen ihr Eis gegessen hatten, blieben sie so kühl, dass man sie einfach in der Wüste und nicht in diesen weißen stromfressenden Kästen auf-bewahren konnte.

Und das Beste: Mit jedem Tag wurden die dann gepflückten und in der Wüstensonne gelagerten Pflanzen frischer. Das leckerste Gemüse, das ich jemals gegessen habe. Ein Blatt davon, hätten Sie auch nur ein winziges fingernagelgroßes Blatt auf Ihrer Zunge gehabt, auf jede Banane, jede Schokolade, jeden Bonbon, auf alles würden Sie verzichten, nur um dieses Gemüse verspeisen zu dürfen und Sie würden der beste Gemüseesser der Welt werden. Wenn Ihr Bananenurgroßvater das noch erlebt hätte…

Sie brauchen nicht den Kopf zu schütteln, bei den Scheichs essen nicht nur die Menschen Eis, auch die Tiere und sogar die teuren Pflanzen bekommen ab und zu Eis zum Essen, um die Hitze besser zu ertragen.

Schwarzbart legte die Füße hoch.

Davon lebe ich, sagte er. Alle drei Jahre bringe ich einen Eisberg in die Wüste. Jedes Mal bleibt nur eine weiße Kugel übrig, eine weiße Kugel, die nicht in der heißen Urwaldsonne schmilzt. Sie wird mir mit einem Päckchen zugeschickt und ich weiß, dass es wieder Zeit ist, wenn das Päckchen vor meiner Hütte steht.

Und die Kugel?, wollte Mikado neugierig wissen, warum ist diese Kugel so wertvoll?

In der Kugel steckte nicht nur die Fähigkeit des Wassers, trotz der Urwaldhitze nicht zu schmelzen, in der Kugel steckten auch die 10.000 Goldstücke Belohnung, antwortete Schwarzbart. Nur in der einen, die ich Ihnen vorhin gezeigt habe, steckte kein Gold, sondern ein Geheimnis.

Geheimnis? Mikado war in heller Aufregung. Erzählen Sie bitte!

Schwarzbart schüttelte den Kopf.

Das ist wieder ein anderes Abenteuer. Davon später. Alles zu seiner Zeit, alles zu seiner Eiszeit.

Er schlug die Beine übereinander, schloss die Augen und begann friedlich zu schnarchen, während er vom fremden Land träumte, in dem die Eisberge auf der Erde wuchsen, weiße Kugeln durch die Luft flogen und dabei das Lachen von Kindern transportierten, jeder über das Wasser laufen konnte, wenn es gefroren war, einem Land, in dem selbst der Schlaf fror, weil es so kalt war, und man in diesem Land den besten Schlaf genießen konnte, den es auf der Welt gab. Nur musste man aufpassen, dass nicht auch die Träume einfroren, sonst hatte man wochenlang dasselbe Bild im Kopf.

Aber auch davon später,
vielleicht ein anderes Mal, eine Eiszeit später,
vielleicht,
die weiße Kugel würde es Schwarzbart sagen,
wann dieses Später sein würde,
vielleicht, aber nur vielleicht.
Das Geheimnis des Später steckte in der weißen
Kugel.
Irgendwann würde es hervorkommen, bestimmt
bald, sehr schnell bald.

10
Geschäftige Spiegelsprache

Wissen Sie, sagte Mikado, damals, vor vielen Jahren, ich glaube es war gestern, kam ich nach einer weiten Reise durch eine kleine Stadt. Ich sah ein Geschäft, das einen Namen hatte, der mit F anfing und kleinem G aufhörte. Toll, dachte ich, F wie Futter und G wie genug. Genug, ein schönes Wort, sie können sich das G vom Anfang oder das G vom Ende nehmen. Ein Anfangs-G oder ein End-G. Es ist allerdings ein großer Unterschied. Sehen Sie, viele wissen gar nicht, was sie sprechen, ob sie ein Anfangs-G oder ein End-G sprechen. Ein großer Unterschied, für die sprechende Zunge und das hörende Ohr. Aber lassen wir das. Hier kann man genug mampfen, dachte ich, nichts wie hinein. Kaum hatte ich den Laden betreten, stürzte sich schon ein Verkäufer auf mich.

Schweigen Sie, rief er, sagen Sie kein Wort, ich weiß, was Sie wünschen. Jawohl, ihre geheimsten Wünsche kann ich lesen, aus Ihren Augen, Ihren Bewegungen. Um Himmels willen, schweigen Sie, sonst bringen Sie mich noch ganz durcheinander.

Er führte mich in eine kleine Kammer und stellte mich auf eine Drehscheibe, die auf dem Boden der Kammer stand. An den Wänden hingen unendlich viele Kleiderstücke. Ich hatte keine Zeit, die Stücke zu betrachten, wie wild begann der Verkäufer die Scheibe zu drehen. Alles wurde schwarz, die Erde drehte sich rechts herum, ich auf meiner Drehscheibe nach links.

Plötzlich trat der Verkäufer auf eine Bremse. Im hohen Bogen flog ich aus der Kammer und landete auf einem Stuhl, der vor einem riesigen Spiegel stand.

Sie werden staunen, sagte Mikado zu Schwarzbart. Als ich in den Spiegel schaute, sah ich aus wie Sie, ich sah aus wie ein Seekapitän! Sogar ein schwarzer Bart hing in meinem Gesicht.

Wenn ich ein Seekapitän bin, brauche ich auch ein Boot, sagte ich zum Verkäufer.

Zeigen Sie mir alles, was Sie in Ihren Taschen haben, antwortete er.

Ich besaß nur noch eine alte Banane und holte sie hervor.

Fantastisch!, rief der Verkäufer. Er riss einen schmalen Streifen der Schale ab, kratzte die Banane heraus und hielt mir die ausgehöhlte Schale hin.

Ihr Boot, rief er, das erste, naja vielleicht auch das zweite oder dritte Bananenschalenboot der Welt!

Dann griff er in die Luft, fing mit seiner Hand eine umherschwirrende dicke Fliege und band sie hinten ans Bananenschalenboot. Ich sah, wie sich die Flügel der Fliege wie Propeller drehten.

Ihr Motor, sagte der Verkäufer. Pardon, ich habe etwas übersehen.

Er schnipste in die Luft, im selben Augenblick wurde ich kleiner als mein Daumen. Ich sah nur noch die riesige Hand des Verkäufers, wie sie mich packte, wie sie mich in das Bananenschalenboot setzte. Dann trug er mich in dem Boot nach draußen und setzte mich im Rinnstein ab. Dort schipperte ich in der dunklen Brühe, mindestens drei Stunden, hinter jeder Straßenecke konnte es mir passieren, dass ich von einem Schwall neuen flüssigen Unrats überspült wurde.

Am dritten Tag geschah etwas Seltsames. Obwohl es schon Tag war, wurde es nicht hell. Kein Licht wurde in den Häusern entzündet, nur die Straßenlaternen blieben schwach beleuchtet. Es war an einem Mittwoch, ich weiß es noch genau. Wie auf ein unsichtbares Zeichen öffneten sich alle Haustüren des kleinen Städtchens zur selben Zeit und seltsam verkleidete Wesen traten ins Freie. Ihre Gesichter konnte ich nicht erkennen. In der Hand hielten sie schwarze Krüge. Von Zeit zu Zeit griffen sie in die Tongefäße, holten eine Hand voll Asche hervor und streuten sie über die Straße. Dabei murmelten sie seltsame Sprüche, ich konnte wenig verstehen, aber ich hörte heraus, dass es sich um Asche von verbrannten bösen Geistern, Pardon, ich meinte Asche gegen böse Geister handelte.

Wie ich noch staunend alles betrachtete, blieb eine dunkle Gestalt plötzlich vor mir stehen. Irgendwie kam sie mir bekannt vor. Es war der Verkäufer aus dem Geschäft, verkleidet mit einer schwarzen Kutte, im Gesicht eine hässliche Fratze.

Er schnipste einmal mit den Fingern, im selben Augenblick lösten sich die Seemannskleider von meinem neuen Körper, schwebten in der Luft und er schnappte sie mit einem hämischen Grinsen weg.

Ein weiteres Mal schnipste er, ich merkte, wie ich langsam wieder meine frühere Größe erhielt, Zentimeter um Zentimeter wuchs jedes Teil meines Körpers.

Auch die Banane verwandelte sich zurück, aus dem Bananenschalenboot wurde die alte Banane, wie von Geisterhand schwebte sie aus dem Rinnstein in meine Tasche. Dann war alles vorbei, mit einem Ruck wurde es hell, nichts mehr zu sehen, keine Stadt, keine schwarzen Gestalten, keine Rinnsteine, kein Verkäufer, kein seltsamer Laden.

Schwarzbart räusperte sich.

Nichts Besonderes, sagte er, ich meine, Ihre Geschichte. Ich habe Ähnliches oft erlebt, sehr oft, auch war ich in der kleinen Stadt, die Sie beschrieben haben, es war nichts Besonderes, für mich jedenfalls, sonst hätte ich längst davon erzählt.

Mikado wurde rot. Durch sein dickes Fell war es nur nicht zu sehen.

Beruhigen Sie sich, beschwichtigte Schwarzbart. Sie sprechen von dem Geschäft, der erste Buchstabe ein F, der letzte ein G. Sie haben die Mitte vergessen, sehen Sie, ich kenne dieses Geschäft, ich kenne Ihre Geschichte, es ist ein wenig langweilig, deshalb habe ich nie davon erzählt.

Sie können sich Ihre nächsten Abenteuer selbst anhören, schimpfte Mikado. Am besten, Sie setzen sich das nächste Mal beim Erzählen vor einen Spiegel, dann haben sie wenigstens einen Spiegelohrenzuhörer.

Spiegel, wiederholte Schwarzbart, ja, Spiegel. Ich muss Ihnen etwas erzählen. Seltsam, sehr seltsam, es war seltsam, ein gespiegeltes Seltsam. Aber davon das nächste Mal, vielleicht, nach einem gespiegelten Vielleicht, dann kann ich Ihnen etwas erzählen, überlegen Sie sich bis dahin, ob Sie die Worte von meinen Lippen oder aus dem Spiegel hören wollen. Gespiegelte Worte sind kalt, nicht gut für tropische Affenohren. Und die Worte treffen verkehrt herum auf ihre Ohren, Sie müssen sich beim Zuhören drehen, aber wie genau, dieses Geheimnis verrate ich noch nicht. Eigentlich ist es dasselbe, aber es gibt kleine, feine Unterschiede, ob man die Geschichten direkt vom Mund oder aus dem Spiegel hört. Ich denke, ich habe Ihnen genug Geschichten, meine Abenteuer erzählt, dass Sie imstande sein sollten, diese feinen Unterschiede und selbst die gespiegelte Sprache zu verstehen.

Aber wie gesagt,
das nächste Mal,
ein gespiegeltes Vielleicht,
nächstes Mal.

11
Die gedoppelte Pferdewette

Wissen Sie, sagte Schwarzbart, wissen Sie, vor einigen Sekunden fuhr ich mit meinem Boot über einen riesigen See, fuhr gemütlich vor mich hin, mit geschlossenen Augen, bis es auf einmal einen Rumps gab. Ich öffnete die Augen und traute ihnen nicht - vor mir stand ein riesiger Bison, ein Büffel, größer, viel größer als mein Boot. Nichts Besonderes, dachte ich, denn ich war in Amerika. Erstens leben die Bisons in Amerika und zweitens ist in Amerika alles möglich und alles größer, also dort ist alles möglichst größer, Pardon, ich meine dort ist alles größer möglich, egal, jedenfalls ist dort alles größer und auch möglich – denn, das dürfen Sie nicht vergessen, ich fuhr über einen See.

Der Büffel lief also mitten übers Wasser. Ich dachte über den Grund nach, warum der Büffel über das Wasser lief. Dieses Wasser hatte so viel Salz, dass der Büffel sich nur vorstellen musste, über eine Salzwüste zu laufen. Mit der gewaltigen Vorstellungskraft eines Büffels war das möglich. Das dachte ich am Anfang, erst später erfuhr ich das wahre Geheimnis. Anders als vor vielen Jahren, als mich ein Eingeborener mal reingelegt hatte und gegen mich wettete, auf dem Wasser laufen zu können. Und er konnte es tatsächlich. Bis ich herausfand, dass er hundert Schildkröten als Unterwasserzirkus trainiert hatte. Ihren Panzer hatte er blau angestrichen, sie waren nicht vom Wasser zu unterscheiden und bildeten unter der Wasseroberfläche eine lange Kette, sodass er nur über die blauen Schildkrötenpanzer spazierte.

Meine gesamte Schiffsladung hat mich diese Wette gekostet.

Aber wir waren beim Büffel steckengeblieben. Er war mein Glück. Wie es so ist, der Motor meines Bootes versagte und da es keinen Wind gab, nutzten mir die Segel nichts. Der Büffel merkte mein Ungeschick, tauchte unter und tauchte direkt unterhalb meines Bootes wieder auf, das er nun auf seinem gewaltigen Rücken über das Wasser trug. Alles war in Ordnung, nur dass der Büffel eine andere Richtung einschlug, als ich zu reisen vorhatte.

Schweigend stampfte er über das salzige Wasser, bis er mich am Ufer absetzte. Allerdings soweit auf dem Land, dass ich mit dem Boot nicht weiterfahren konnte. Vor mir sah ich gewaltige Berge, riesige Canyons, brausende Wasserfälle und dunkle Wälder, die bis an den Strand reichten.

Ich hatte mich noch nicht satt gesehen, als ein Indianer auf einem prächtigen schwarzen Pferd erschien. Was sage ich, nicht ein sondern zwei Indianer. Sie saßen gleichzeitig auf dem Pferd, der eine den Blick nach vorne gerichtet, der andere den Blick nach hinten gerichtet.

Und erst jetzt bemerkte ich, dass das Pferd sogar zwei Köpfe hatte, einen vorn und einen weiteren Kopf hinten. Später wurde mir das alles klar, weil die Indianer zu zweit auf dem Pferd saßen und in verschiedene Richtungen guckten, konnten sie sofort erkennen, wenn jemand sie angriff, egal aus welcher Richtung auch immer. Und nicht nur das, weil das Pferd zwei Köpfe hatte, konnte es auch im Nu auf der Stelle in die entgegengesetzte Richtung davonreiten. Außerdem konnte das Pferd doppelt so schnell tanken, Pardon, fressen, mit beiden Köpfen gleichzeitig, so dass die Indianer nur die halbe Pause benötigten, dies konnte lebensrettend sein, wurden sie von wilden Wölfen verfolgt.

Auf dieser Fahrt hatte ich Bananen geladen – Sie brauchen gar nicht so zu gucken und dass Ihnen das Wasser nicht wieder so im Mund zusammenläuft, ich mag es nicht bei meinen Zuhörern, wenn sie herumsabbern – also ich hatte Bananen geladen und Bananen waren ziemlich das Einzige, was die beiden Indianer noch nie gesehen hatten. Ich gab dem Älteren von beiden eine Banane und als er sie aß, begannen seine Augen wie Gold zu glänzen.

Wir machen Wette, sagte er zu mir, wir machen große Wette. Hinter diesem Wald, 40,295 km weg, liegt unser Camp. Du sagst mir eine Nachricht, die ich ins Camp bringen muss und ich sage dir eine Nachricht, du bringst ins Camp. Wer die Nachricht zuerst ins Camp bringt, gewinnt.

Ich überlegte. Zum Glück hatte ich in meiner Kindheit genügend Indianerbücher gelesen, um auf keinen Trick hereinzufallen.

Ohne Rauchzeichen, sagte ich zu den Indianern, ich mache mit, aber ohne Rauchzeichen geben.

Der ältere der beiden Indianer schmunzelte:

Nur später Rauchzeiten, im Camp, bei Friedenspfeife, erwiderte er. Nicht vorher. Ich verspreche dir alles. Alles ich versprechen.

Zufrieden nickte ich und aß schnell eine Banane, um gestärkt zu werden.

Worum wetten wir eigentlich?, fragte ich.

Wir gewinnen, du geben uns alle gelben gebogenen Honigstücke (er meinte meine Bananen) und du gewinnen, du bekommen Wasserbüffel, der laufen kann über alles Wasser der Welt, dazu dieses glänzende Pferd, strahlt in der Nacht heller als der Mond und drei Squaws aus meinem Camp.

Ich schluckte.

Wasserbüffel, gut; leuchtendes Pferd, gut; aber wozu in aller Welt braucht man drei Squaws.

Der alte Indianer schwieg, bis er plötzlich sagte:

Eine Squaw für Essen kochen, eine Squaw für Boot sauber machen und eine Squaw, Boot

lenken. Dann du brauchen nur noch Essen,
Essen und Schlafen, sonst nichts.
Da ich so perplex war, um zu antworten, fuhr
er fort:

Wir machen Wette einfacher für dich. Du
bekommen rasendes Pferd, schneller als Wind,
ich nur laufen mit Füßen, ohne Schuhe. Hier
du sehen meine nackten Füße.
Die Wette war schon gewonnen, dachte ich
und willigte ein. Blieben noch die zu
übermittelnden Nachrichten. Ich sollte die
Botschaft überbringen:

Komme morgen, macht großes Fest mit viel Essen und
Feuerwasser.

Dafür sollte er die Botschaft ins Camp tragen:

Sucht für fremden Wasserhäuptling mit Bart wie
Prärie die drei schönsten Squaws. Er soll nur sehen die
drei Squaws, er nicht gewinnen, weil er Wette verlieren.

So setzte ich mich auf das glänzende, schwarze
Pferd, das wie ein Pfeil fortraste. Der alte
Indianer trottete mühsam hinterher, der
zweite Indianer blieb bei dem Boot. Bald hatte
ich beide aus den Augen verloren und in einer
Stunde erreichte ich hinter dem dichten Wald
das Indianercamp. Am Dorfeingang stand der
Häuptling, an seiner Seite drei wunderschöne
Squaws.

Du müssen sein Wasserhäuptling mit Bart wie Prärie. Hier drei Squaws, mein Freund dir versprochen, wenn du Wette gewinnen. Damit du sehen, was du nicht gewonnen.
Ich war sprachlos.

Wo ist der alte Indianer?, fragte ich verwundert.

Er kommen morgen. Dann er bringen Wasserbüffel mit großem Schiff auf Rücken voll mit süßen, gelben Honigsicheln.
Ich verstand überhaupt nichts mehr.

Habt ihr Telefon, Handys, Brieftauben oder Flugzeuge, vielleicht eine Rohrpost, oder Autos, Motorräder, Telegrafenmasten?
Wie sich herausstellte, war die Nachricht des alten Indianers viel schneller im Camp angekommen, der alte Häuptling stand mit drei Squaws vor mir. Ich brauchte meine zu überbringende Botschaft gar nicht mehr vorzutragen.

Wie kommt die Nachricht so schnell zu euch?, wollte ich wissen.
Der Häuptling grinste, auch die drei Squaws kicherten zufrieden, denn sie wussten, dass ich die Wette verloren hatte.

Morgen bei einem Fest, wir erklären alles. Heute durchschlafen, auf Bisonfell unter Sternenhimmel.

Ich schlief in einem riesigen Canyon, neben mir ein leise säuselnder Wasserfall, schlief unter dem Sternenbild des großen Bären und wartete auf den kommenden Tag.

Mit der aufgehenden Sonne erschien der alte Indianer. Neben ihm der riesige Wasserbüffel, der noch immer die alte Lusitannia, vollbeladen mit honiggelben Bananen, auf seinem Rücken trug. Am Ruder stand der zweite Indianer. Zum Glück lenkte er die Lusitannia nur in der Luft auf dem Rücken eines Büffels, im Wasser wäre das alte Boot bestimmt bereits tausend Mal untergegangen.

Zuerst musste das Fest gefeiert werden. Ich wusste nicht so recht, ob ich mich freuen oder enttäuscht sein sollte über die verlorene Wette. Jedenfalls war ich gespannt herauszufinden, wie der alte Indianer die Nachricht derart schnell übermitteln konnte.

Kaum konnte ich auf das Ende des Festes warten.

Schließlich war es soweit.

Der alte Indianer kam zu mir und sagte:

Du kommen mit! Aus Camp zu dunklem Wald. Dort du erfahren Geheimnis von schneller Botschaft.

Schweigend liefen wir aus dem Dorf, bis zur Waldgrenze.

Du sehen Bäume, sagte der alte Indianer.

Ich nickte.

Sie meine Freunde. So wie du. Wir große Freunde, Bäume und ich.

Er hob seine Hand und klopfte einen eigentümlichen Rhythmus an einen der Baumstämme.

Alle Bäume Füße haben. Ich meinen Wurzel. Alle Wurzel sich berühren. Siehst du, so Kette von diesem Baum bis zum Baum auf anderer Seite des Waldes. Fußwurzelkette, wir nennen. Ich klopfen an Baum, von dort gehen Klopfen in Baumfüße und von dort über Wurzelverbindung schneller als Wind durch den ganzen Wald.

Ich war erstaunt, wirklich erstaunt. Ein unterirdisches Telegrafennetz, besser, als jedes überirdische Drahtnetz, besser als jedes Handy.

Deshalb nur dumme Menschen machen Wald kaputt und bauen komische Dinge, an Ohr zu halten. Wir nicht brauchen, niemals, sagte der alte Indianer im nachdenklichen Ton.

Er pfiff und auf einmal kam der riesige Wasserbüffel zu uns, auf dem Rücken trug er noch immer mein Boot.

Diesen Büffel hätte ich gern gewonnen, weil er auf dem Wasser laufen konnte, dachte Schwarzbart. Mit ihm wäre er in der Lage gewesen, alle alten Reisen noch einmal zu unternehmen, nur nicht schwimmend in einem Boot, sondern über das Wasser laufend, auf dem Rücken des Büffels. Mit ein wenig Glück würde er noch die Bootsspuren der alten Reisen, die der spitze Bootskiel in die Wasseroberfläche eingeritzt hatte, erkennen und konnte exakt dieselbe Reise, allerdings mit dem genannten entscheidenden Unterschied unternehmen und wäre so der erste Mensch, der exakt dieselbe Reise unternimmt, wegen des Unterschieds aber völlig neue Erlebnisse haben würde.

Warum kann der Büffel auf dem Wasser laufen?, fragte Schwarzbart.

Er besonderer Büffel, antwortete der alte Indianer. Wir immer sein Fell einreiben mit Wundersalbe von seltener Pflanze. Danach, wenn er will, er kann verstecken ganz viele Luft in sein Fell, Millionen kleine Luftblasen; und kleine Luftblasen, sie können nicht unter Wasser gehen.

Schwarzbart war überrascht. Vielleicht konnte er sich mit der Wunderpaste auch seinen Bart einreiben. Dann konnte sein Kopf nicht mehr untergehen. Das wichtigste für einen Seemann, der ins Wasser fällt, den Kopf über Wasser zu halten. Er hätte gewissermaßen im Bart eine ständige Schwimmweste bei sich und könnte nicht mehr ertrinken. Er musste die Wunderpaste bekommen, vielleicht beim Fest, wenn der alte Indianer genug Feuerwasser getrunken hatte.

Schwarzbart war derart in Gedanken versunken, dass Mikado ihn auffordern musste, weiter zu erzählen. So fuhr der alte Kapitän fort:

Er dich bringen auf großen Salzsee zurück, sagte der alte Indianer zu mir.

Gelbe Honigsicheln wir alle gegessen. Wenn du wieder hier, bringen mehr von gelbe Honigsicheln.

Ich meinen immer gut mit dir. Du nicht müssen gewinnen Wette und nun, du können in deinem Leben riesig froh sein. Ich weiß, wovon ich sprechen. Kenne Mann in meinem Dorf, mit vier Squaws. Eine große Hauptsquaw, immer sein Boss und drei Tochter-Squaws, auch jede sein Boss. Viermal Squaw, viermal Boss von jemand. Er haben großen Sohn, klüger als er. Gehen zwei Jahre aus Dorf, weg von Squaws, die immer Boss.

Du, sagte ich zu meinem neuen Freund, dem alten Indianer, du nehmen Wasserschiff und bringen gelbe Honigsicheln zu Indianerstämmen, die nicht kennen Honigsicheln. Vielleicht besser, als nur Mensch von vier Squaw-Bossen. Du fahren eine Woche mit Honigsichelboot, dich erholen, dann du können wieder Kraft genug haben, leben mit vier Squaws. Und machen immer so. Bis dein großer Sohn zurück, er dir können helfen gegen viermal Squaw-Boss.

Schwarzbart schmunzelte bei diesen Worten.

Wir werden sehen,
sagte er in seinen Bart hinein,
ein anderes Mal,
vielleicht später, vielleicht,
bestimmt ein anderes Mal, später,
vielleicht ein anderes Mal.

Allerdings hatte er bewusst verschwiegen, wie er die wundersame Luftpaste für seinen Bart gewonnen hatte, so dass sein Kopf mit dem Luftbart nicht mehr untergehen konnte. Mikado hätte keine Ruhe gegeben, bis er ihm nicht mindestens die Hälfte der wundersamen Luftpaste abgeluchst hatte. Bestimmt wollte er sich damit sein Fell einreiben, wenn es wieder sintflutartig im Urwald regnete. Dann war für einige Minuten mehr Wasser in der Luft als im Meer. Und Mikado hätte mit der wundersamen Luftpaste in seinem Fell dann durch die Luft, durch die Wasserluft, fliegen können. Gut, dass er von der Wunderpaste nicht das Ende erzählt hatte. Mikado sollte wie jeder andere Affe auf die Bananenbäume klettern und nicht auf den nächsten Luft-flutregen warten, um sich fliegend die Bananen von den höchsten Spitzen der Bäume zu holen. Dort, wo die Bananen am süßesten waren, weil sie am dichtesten an der zuckerbringenden süßen Sonne hingen.

12

Kreisverkehr auf dem Wasser
und anderes Verkehrtes

Wissen Sie, sagte Schwarzbart, vor vielen Jahren bin ich auf einem seltsamen Fluss gefahren. Drei Tage war ich unterwegs, als ich an einer Stelle vorbeikam, die mir irgendwie vertraut vorkam. Soll es ja geben, dachte ich und fuhr weiter. Nach wieder drei Tagen erreichte ich von Neuem eine Stelle, alles war, als hätte ich es schon einmal gesehen, früher und nur drei Tage alt.

Gut, dachte ich, vielleicht ein Fluss, an dem sich nach drei Tagen alles wiederholt. Alle drei Tage stehen dieselben Bäume, Blumen, Pflanzen am Flussufer. Oder: Ich fuhr im Kreis.

Doch das konnte nicht sein. Es gibt keinen Fluss, der immer im Kreis fließt, wie eine Schlange, die sich mit dem Kopf in den Schwanz beißt. Ich würde es herausbekommen. Ich nahm meinen linken Schuh, band ihn mit dem Schnürsenkel an einem Pfeil fest und schoss ihn in die Spitze eines hohen Baumes. Wenn ich im Kreis fuhr, würde ich in drei wieder Tagen an meinem Schuh vorbeikommen.

Tatsächlich. Nach drei Tagen sah ich den Baum, an dessen Spitze mein Schuh baumelte. Kein Zweifel. Ich fuhr im Kreis, wie auf einem Karussell, ein Wasserkarussell gewissermaßen.

Langsam wurde mir von dem vielen Im-Kreis-Fahren schwindlig. Was aber noch schlimmer war: Ich war gefangen! Wie sollte ich mit meinem Schiff einem Fluss entkommen, der immer im Kreis fuhr?

Mutlos beschloss ich, erst einmal an Land zu gehen. Jedenfalls fuhr ich offensichtlich immer um eine Insel herum und beschloss deshalb, mir diesen Flecken Erde etwas genauer anzusehen. Es war bereits spät und eilig vertäute ich mein Boot an einem riesigen Baum. Dann beschloss ich, erst einmal Nachtruhe zu halten, um am nächsten Morgen ausgeruht und frisch gestärkt die Insel zu erkunden.

Kaum war ich eingeschlafen, vernahm ich seltsame Stimmen. Sie schwebten durch die dunklen Urwaldbäume auf mich zu. Ich spürte Schatten, nicht zu sehen, nicht auszumachen, nur zu spüren, wie der kalte Wind vom Gipfel eines Schneeberges. Dazwischen ein tiefes, ununterbrochenes Gelächter, das mich die ganze Nacht nicht schlafen ließ.

Als es endlich Morgen wurde, beschloss ich, die unheimliche Insel zu verlassen. Eilig raffte ich meine Sachen zusammen und rannte zum Strand. Zu allem Unglück verlief ich mich. Jedenfalls fand ich mein Boot am Strand nicht mehr wieder. In panischer Angst lief ich die gesamte Küste ab. Mein Boot blieb verschwunden. Unmöglich konnte ich mich geirrt haben, ich hatte doch an dieser Stelle mein Boot vertäut. Auf einmal blieb ich wie angewurzelt stehen. Als ich nach oben blickte, entdeckte ich mein Boot auf der Spitze eines riesigen Baumes.

War das Wasser über Nacht extrem angestiegen? Hatte jemand das Boot auf die Spitze des Baumes gezogen? Oder ein Riese es vielleicht in die Höhe geschleudert?

Ich beschloss, immer ein Stück des Baumes herauszusägen, umso stückweise an mein Boot heranzukommen. So sägte ich, zum Glück habe ich immer eine Säge in der Tasche, eine 30 cm dicke Scheibe aus dem Baumstamm. Das wiederholte ich zehnmal, bis sich der Baum um 3 m verkleinert hatte. Ich musste sehr genau sägen, sonst würde der Stamm einbrechen und mein Boot zerbersten.

Beim elften Schnitt passierte es leider. Meine Säge zurrte sich fest, das Sägeblatt riss und der Baum krachte mit ohrenbetäubendem Lärm in die Tiefe. Er stürzte ins Wasser und ich sah nur noch, wie die Bruchstücke meines Bootes in den Fluten verschwanden.

Jetzt war ich auf der Insel ein wirklicher Gefangener. Ohne Boot würde ich sie nie verlassen können. Ohne Boot ist eine Insel ein Gefängnis. Und ohne Werkzeug konnte ich mir kein neues Schiff bauen. Drei Tage verbrachte ich ohne Essen und Trinken in tiefer Traurigkeit am Strand. Am vierten Tag, mit dem Anblick der aufgehenden Sonne, kam mir eine Idee. Ich sammelte so viele Steine, wie ich konnte. Dann suchte ich mir einen jungen Baum. Jetzt baute ich mit den Steinen um den Baum die Form meines Bootes nach. Nun musste ich nur noch zwei Sachen erledigen: Gießen und warten. Sehr lange allerdings. Nach sieben Jahren war der Baum mächtig gewachsen und zwar in der Form eines Bootes, die Steine ließen ihm keine andere Möglichkeit.

Jetzt hatte ich auch wieder Glück. In der nächsten Nacht fegte ein gewaltiger Orkan über die Insel und kippte den Baum um. Ich brauchte ihn nur noch zum Wasser zu schleppen.

Irgendwie sah mein Boot zwar seltsam aus, aber es fuhr, trotz der Steine, die außen in die Rinde eingewachsen waren. Ich besaß das erste Steinboot, jeder Hai würde sich daran die Zähne ausbeißen, verwechselte er es mit einem See-elefanten, wie es mir früher einmal passiert war. Der Stamm war wie ein Bootsrumpf gewachsen, am Bug hingen aber noch die Wurzeln des Baumes und am Heck die Äste. Kein Problem, ganz im Gegenteil. Die Wurzeln benutzte ich als Kleiderständer. Und die Äste, sie werden es nicht glauben, an den Ästen wuchsen köstliche Äpfel, so dass ich sie als Vorratskammer benutzen konnte. Ich besaß ein Boot mit lebender Vorratskammer. Am Heck meines Bootes wuchsen Äste mit köstlichen Äpfeln, wenn die Äste durstig waren schlürften sie über die Wurzeln frisches Wasser. Dann wurde zwar meine Wäsche nass, sie hing an den Wurzeln, und das Wasser verwandelte mein Boot in einen kleinen Tümpel, es musste ja von den Wurzeln am Bug bis zu den Ästen am Heck fließen. Das nahm ich gern in Kauf. Außerdem stellte ich fest, dass das Wasser, wenn es durch die Wurzeln floss, an denen meine Kleidung hing, gleichzeitig meine Wäsche wusch, ich hatte sozusagen eine natürliche Waschmaschine an den Wurzeln hängen. Später schnitt ich mir von jedem Baum, den ich auf meiner weiteren Fahrt sah, einen Ast ab und steckte ihn zu den anderen. Bald wuchsen nicht nur Äpfel, sondern Ananas, Zitronen,

Apfelsinen, Kokosnüsse, alles Mögliche, alles an meinem Boot.

Sogar einen goldenen Stab habe ich zu den Ästen gesteckt, der Stab hat in dem Wirrwarr an Zweigen den Trick nicht gemerkt, meinte, er wäre selbst ein Ast und bald hingen an ihm runde goldene Kugeln. Wie an einem Weihnachtsbaum. Doch meine Kugeln bestanden aus echtem, gewachsenem Gold und sie waren innen nicht hohl, sondern meistens mit Gold gefüllt, einige sogar mit Diamanten, wie die Kerne von einer Apfelfrucht. Schon bald wusste ich nicht mehr, wohin mit dem vielen Gold und konnte damit mein Boot auskleiden.

Allerdings gab es nun ein Problem, ein Luxusproblem. Ich besaß ein Sandwichboot, außen Steine, in der Mitte das Holz des alten Baumstammes und innen das Gold. Ich hörte die Wasserwellen unter dem Schiff stöhnen, weil sie das schwere Boot auf und ab tragen mussten. Mir blieb nichts anderes übrig, fortan die weiterhin wachsenden Goldkugeln über Bord zu werfen. Sie haben auf dem Meeresgrund eine goldene Spur hinterlassen. Wie bei Hänsel und Gretel, aber die Geschichte werden Sie nicht kennen, darin kommen keine Bananen, nur Brotkrumen und Kekse, vor. Scheint die Sonne sehr heiß, sieht man die goldenen Kugeln als Wassersterne auf dem Grund des Meeres leuchten. Seitdem benötige ich keine Karten, keinen Kompass mehr, ich orientiere mich nur noch an den goldenen Wassersternen auf dem Grund der Ozeane und auf dem nassen Fußboden der anderen Gewässer.

Einen Bananenzweig, stammelte Mikado, haben Sie auch einen Bananenast in ihr Boot gepfropft?

Schwarzbart schüttelte den Kopf.

Mein lieber Herr, nie im Leben würde ich es noch einmal machen. Ich tat es, gewiss, hatte aber nachdem sehr oft Besuch von diebischen Verwandten ihrer Art, die meine Bootsäste, besonders die Bananen, plünderten. Ich musste deshalb die Bananenäste wieder entfernen und lebe seitdem in Frieden. Es genügt, ab und zu einem Affen zu begegnen.

Zu begegnen, ja, das spielte noch eine Rolle, fuhr Schwarzbart fort. Als ich mich an mein neues Boot gewöhnt hatte, sah ich aus weiter Ferne ein seltsam vertrautes Schiff auf mich zusteuern. Je näher es kam, desto sicherer war ich mir, es handelte sich um die alte Lusitannia. Als sich beide Boote dicht genug angenähert hatten, nahm ich ein dickes Seil und enterte gewisser-maßen mein altes Boot, indem ich es an mein neues Obstboot festband. Tatsächlich, es war die alte Lusitannia, bis auf geringe Einzelheiten sah sie exakt so aus wie vor dem Unglück.

Am Nachmittag, ich saß gemütlich mit meinem Boot zusammen, ich eine Tasse Tee, sie ein Glas Meerwasser am Ruder, erzählte sie mir die Geschichte.

Das Meer hatte mitbekommen, wie traurig ich gewesen war, dass ich mein lieb gewonnenes Boot, die alte Lusitannia, verloren hatte.

Und so formte das Meer viele verschiedene Strömungen, die sämtliche Bruchstücke des zerborstenen Bootes zusammentrieben, in einer Geschwindigkeit und in einer Richtung, sodass jedes passende Bruchstück mit dem anderen zusammengefügt wurde.

Und wenn es der Strömung nicht gelang, alles perfekt zu richten, hatte das Meer einige Fische zu Hilfe gerufen, die sich auf solche handwerklichen Arbeiten verstanden. Es gibt diese Fische, müssen Sie wissen, was denken Sie, was ein Schwertfisch mit seiner Säge am Schnabel anfängt? Natürlich arbeitet er damit unter Wasser, wir sehen es nur nicht. Unter Wasser sind die Fische ständig am Bauen, bauen sich Höhlen, formen seltsame Kreise, gravieren Zeichnungen in den Sand.

Die reinste Architekturwelt!

Dagegen ist das, was auf der Erde gebaut wird, eine Kleinigkeit, die zu vernachlässigen ist.

Egal, räusperte sich Schwarzbart, jedenfalls war ich meiner alten Lusitannia begegnet und je länger ich sie betrachtete, desto mehr stellte ich fest, dass sie sogar noch stabiler als vorher gewesen war. Vorerst beschloss ich, mit beiden Booten weiterzusegeln. Allerdings musste ich jeden Tag auf dem jeweils anderen Boot fahren bzw. übernachten, auch Boote sind eifersüchtig, alles ist eifersüchtig, wenn es doppelt vorkommt. Ich weiß nicht warum, aber die Eifersucht steckt in allem, was doppelt ist. Und irgendwann würde ich mich entscheiden müssen, natürlich habe ich mich entschieden, aber davon später, ich glaube ich habe Ihnen bereits mehr erzählt, als Sie normalerweise imstande sind zu verarbeiten.

Verarbeiten, arbeiten, zuarbeiten, wegarbeiten, alles ist Arbeit, lassen Sie uns nicht mehr an die Arbeit denken, auch nicht an die Arbeit, einem ewigen Wasserkreis zu entkommen, zumindest für diese eine Nacht, ich bin müde, sagte der alte Seebär, ich werde Ihnen am nächsten Tag erzählen, erzählen von meinem nächsten Abenteuer und vom Ende der Eifersucht zwischen den doppelten Booten. Ein nächstes Mal, alles hat ein Ende, wenn auch manchmal nur

ein vorläufiges Ende durch die dunkle Nacht. Später, nach dem Nachtende, nicht nach dem Nachende, das kommt viel zu schnell, manchmal allerdings auch gar nicht, später, nach dem Nachtende. Denn der Morgen ist nichts anderes als das Nachtende, also Morgen übersetzt in die dunkle Sprache heißt Nachtende und Nachtende übersetzt in die helle Tagessprache heißt
Morgen.

Auch davon später, ein wenig später,
am Nachtende,
Pardon, meine Zunge ist müde,
ich sollte es ihr zuliebe drei Buchstaben kürzer
sagen,
Morgen….,
einfach Morgen am Ende der dunklen Nacht.

13
Der Weingeistkönig

Wissen Sie, *(hick)*, sagte Schwarzbart *(hick)*, Sie kennen mein *(hick)* Abenteuer noch *(hick)* nicht?

Mikado sah den alten Kapitän an. Er schaukelte wie ein Schiff auf hoher See. Wenn einer ein Leben lang in einem Boot hin und her schaukelt, dann kann er wohl am Ende selbst nicht mehr gerade sitzen oder gerade laufen.

Schwarzbart hielt die Luft an, lange, eine Minute, noch länger, sein Gesicht wurde puterrot, noch länger, etwas blau mischte sich in die Hautfarbe. Dann riss er plötzlich den Mund weit auf, atmete mindestens 3 Tonnen Luft auf einmal ein und seufzte zufrieden auf:

Das „Hicks" war verschwunden und auf einmal konnte Schwarzbart auch wieder geradestehen ~ ohne zu schwanken.

Wissen Sie, sagte der alte Kapitän, vor vielen Jahren lebte ich in einem netten kleinen Land. Ich lebte vom Fischfang. Von jedem gefangenen Fisch schnitt ich ein Stück heraus und gab es dem König des Landes zum Dank, in seinem Land leben zu dürfen. Als der König älter wurde, benahm er sich immer seltsamer. Ich musste ihm immer größere Stücke von jedem gefangenen Fisch abgeben und es dauerte nicht lange, da durfte ich nur noch den Fischschwanz behalten und die Gräten zum abknabbern.

Wahrscheinlich müsste ich in Zukunft sogar noch an jedem gefangenen Fisch ein Stück von einem anderen Fisch ankleben, dachte ich insgeheim. Irgendwann bekam er Angst, ich würde sein Land verlassen, es hatten wohl schon andere gemacht, und er würde nicht mehr meine köstlichen Fischteile bekommen.

Deshalb ließ er rings um das Land ganz dicht wie eine Mauer Bäume pflanzen. Weil es ein paar Jahre dauerte, bis die Bäume hoch und zugewachsen waren, dass keiner mehr hindurch konnte, ließ er an jeden Baum eine Kuh fest-binden. Erstens verscheuchten diese Rind-viecher jeden, der fliehen wollte und, wie soll ich es sagen, naja, eine Kuh muss doch fressen, und ein Teil von dem Gefressenen gibt sie wieder ab, Sie wissen schon, was ich meine, und von diesem Mist würden die Bäume und damit die Mauer viel schneller wachsen. Es wurde die erste gedüngte Mauer der ganzen Welt.

Der König ist sehr klug gewesen, jedenfalls sehr mauerklug. Durch die Baumstämme konnte niemand auf dem Landweg sein Reich verlassen. Über den Bäumen konnte niemand mit einem aufgeblasenem Ballon fliehen, denn der König hatte sich extra Raubvögel züchten lassen, die sich im dichten Astwerk versteckt hielten und, kam ein Fliehender in oder an einem Ballon vorbei, stießen sie raketenschnell in die Luft, schlugen laut krächzend Alarm und zerhackten mit ihren Schnäbeln die Heißluftballons, so dass die armen fliehenden Teufel wie eine bleierne Ente auf den Boden sanken und von der inzwischen eingetroffenen Wache zum König gebracht wurden.

Durch die dichten tiefen Wurzeln bestand die Mauer unterirdisch weiter. Niemand konnte durch dieses starke Wurzelmauerwerk einen rettenden Tunnel graben. Und zwischen den Baumstämmen waren, Sie wissen schon, da waren die Tretminen der Kühe, auf denen man schon beim bloßen Anblick ausrutschte. Die perfekte Mauer, eine Land-, Unterland- und Luftmauer, alles auf einmal, auf der ganzen Welt bin ich keiner besseren begegnet, auch weil die Mauer mit jedem Augenblick höher und dichter wurde, ohne dass auch nur ein Wachsoldat des Königs den Finger krumm machen musste.

Beschwerden ließ der König nicht zu. Welcher Untergebener auf der Welt könnte denn behaupten, von jeder Stelle seines Landes in jede Blickrichtung auf wunderschöne Bäume sehen zu können.

Außerdem: Wem diese Aussicht nicht genügte, könne ja die Bäume zusätzlich bunt anmalen.

Nur ein dünnes Tor blieb in der Baummauer offen, damit jeden Tag eine Pferdekutsche hindurchfahren konnte, im Nachbarland zwei leere Fässer mit köstlichem Wein aufzufüllen.

Ich freundete mich mit dem Kutscher an und brachte ihm eines Abends eine große Flasche Wein. Er war überglücklich, bisher lebte er nur von dem köstlichen Weinduft, der aus Holzfässern strömte. Keine Minute später hatte er die Flasche ausgetrunken und war eingeschlafen. Ich nutzte die Gelegenheit und kletterte in ein leeres Weinfass. Auf diese Weise würde ich in die Freiheit gelangen.

Ich wachte erst wieder auf, als von oben ein Schwall Flüssigkeit auf mich hinabfloss.

Verflixt!

Eingehüllt vom Weinduft der Fässer war ich eingeschlafen und nun wurden die Bottiche wieder gefüllt, bevor ich sie heimlich verlassen konnte.

Bald stand mir das Wasser, ich meine, der Wein, bis zum Hals. Aber es wurde immer mehr hineingekippt, weil die Weinabfüller genau wussten, wie viel Liter sie jedes Mal abfüllen mussten. Mir blieb nichts anderes übrig, als den ganzen Wein, der jetzt noch hineinfloss, zu trinken.

Bald bestand mein gesamter Körper, Arme, Beine, Bauch, nur noch aus Wein. Endlich floss nichts mehr nach, die Rückfahrt begann. Der Kutscher raste nach Hause, wo bereits der König ungeduldig mit einem riesigen Becher auf die neue Lieferung wartete. Wenn er jetzt das Weinfass öffnete!

Zum Glück zog er nur den Stöpsel von einer runden Luke, um Wein in seinen Becher laufen zu lassen. Das war meine Chance. Ich lief über von Wein und so konnte ich mich erleichtern, indem ich unsichtbar den geschluckten Wein durch die Öffnung nach draußen in den Becher des Königs spukte.

Igitt, schüttelte sich Mikado. Jetzt weiß ich, warum ich kein König werden möchte. Wenn es wenigstens Bananenschnaps gewesen wäre. Sagen Sie, wie reagierte der König?

Nun, kaum hatte er den ersten Schluck genommen, schlug er wütend mit der Faust auf die Tonne.

Was man ihm da anbiete?! Der Wein schmecke, als ob er aus einem 1000 Jahre alten ranzigen Fass komme!

Wieder schlug er auf das Weinfass, wütend, mit gewaltigem Zorn, so dass die Tonne in 1000 Stücke zerbrach.

Auf einmal stand ich vor dem König. Sein Gesicht hätten Sie sehen sollen, köstlich ~ und gefährlich. Was sollte ich tun? Abenteuerlich muss ich ausgesehen haben. Mit der tiefsten Stimme, die mir mit 100 Liter Wein im Bauch möglich war, sagte ich:

Wer wagt es, mich zu stören, mich, den großen Weingeist? Wer wagt es?

Sprich, du nichtsnutziger, wichtigtuerischer, nichtiger Wurm!

Du Wichtigtuer, du Nichtsnutziger, du dicker Wurm!

Der König wurde kleiner als eine Ameise und zitterte schneller als ein Hubschrauberpropeller.

Warum sehe ich die Sonne nicht?,

fuhr ich fort und zeigte auf die hohen Bäume, die eine hohe Mauer um das Land bildeten.

Ich blickte den Kutscher an, der nicht weniger zitterte als sein Herr.

Man bringe dieser elendigen Kreatur eine 100 m lange Säge, damit sie alle Bäume entlang der Grenze absägt, befahl ich. Selbst wenn diese elendige Kreatur der König des Landes ist. Aus den Stämmen baue er mir einen Palast, dreimal so groß wie sein Schloss, und ein Schiff, viermal so groß wie der Palast.

Alles geschah, wie ich befohlen hatte. Ein Jahr musste der König eigenhändig alle Bäume absägen und außerdem mir ein riesiges Schiff bauen. Zwischendurch befahl ich, der große Weingeist, dass er mir jeden Tag zehn Kilo der zartesten Fische und 100 Liter vom köstlichsten Wein liefert.

Warum sehen Sie mich so merkwürdig an? Wie sollte ich ohne diese Menge weiter als Weingeist arbeiten? Außerdem habe ich jeden Tag den König bei seiner Arbeit kontrolliert, nicht aber, ohne vorher eine Stunde in einem Weinfass zu baden. Schließlich musste ich weiter wie ein Weingeist aussehen und riechen. Was ich nicht am selben Tag zu essen und trinken schaffte, ließ ich als Vorrat im neu gebauten Schiff lagern. Nach einem Jahr, das

Boot war fertig, bestieg ich es heimlich und floh für immer aus diesem Land.

Man, sagte Mikado, haben Sie ihre Flucht nie bereut? Vielleicht gab es Bananenbäume in diesem Land. Sie hätten bleiben sollen. Überhaupt. Warum bauen wir keine Grenze aus Bananenbäumen um unsere Insel?
Schwarzbart schüttelte den Kopf. Er würde diesen Mikado noch einmal gewaltig erschrecken, nein, nicht als Weingeist.
Vielleicht als ein Bananengespenst ~ es würde sich schon eine Gelegenheit bieten. Vielleicht später, immer bieten sich Gelegenheiten, einer wie Schwarzbart muss nicht lange darauf warten, sein ganzes Leben konnte er davon erzählen, dass sich Gelegenheiten schneller böten, als er sie erleben konnte.

Aber davon ein anderes Mal,
später, vielleicht bei Gelegenheit,
ein anderes Mal,
die Gelegenheit würde sich bieten,
hoffentlich eine Gelegenheit mit einem langen
Haarschopf,
denn Gelegenheiten müsse man doch
beim Schopfe packen.

14
Die Blattstimme aus der Erde

Wissen Sie, sagte Schwarzbart, ich bin einmal über ein Land gefahren. Gefahren, ja so war es. Ich fuhr über dieses seltsame Land, da kam wie aus dem Nichts ein Gedanke in meinem Kopf hoch:

Schwarzbart, Schwarzbart, 100 Jahre fährst du jetzt über diese Welt, halt an!

Und ich habe angehalten. Gleich darauf befahl mir eine innere Stimme, einen Spaten zu nehmen und an Land zu gehen.

Fragen Sie mich nicht, warum ich einen Spaten an Bord hatte. Jedenfalls griff ich dieses Teil und sprang von Bord. Wie von fremder Hand geleitet wurden meine Schritte an eine Stelle gelenkt, die glatt wie ein Spiegel war.

Schwarzbart, grab ein Loch, befahl mir die Stimme.

Und ich grub. Einen Meter tief, zwei Meter tief, immer tiefer, bis ich ungefähr 50 Meter in der Erde verschwunden war. Mit dem nächsten Spatenstich stieß ich auf etwas Eigentümliches, eigentlich war es nicht seltsam, nur es war seltsam, dass sich 50 Meter tief in der Erde darauf stieß. Ich entdeckte nämlich einen Baum, der 50 Meter unter der Erde wuchs, einen Baum mit Blättern, Zweigen, Früchten, nur dass die Früchte wie Kugeln am Stamm klebten und daran die Äste herauswuchsen. Also die Früchte waren die Äste und umgekehrt, d.h. das eigentlich wertvolle mussten die Zweige mit den Blättern sein.

Seltsam sahen sie aus, grau und welk und doch prächtig, als seien sie gerade erst reif geworden. Die Stimme war verschwunden und ich beschloss, ein paar Blätter zu pflücken und wieder ans Tageslicht zu steigen.

Oben angekommen hatte ich das Gefühl, ich sollte die Blätter anzünden, d.h. erst in meine Pfeife stecken und dann anzünden.

Mit dem ersten Atemzug stiegen seltsame Rauchkringel in die Luft, sie wirkten wie Hieroglyphen, aber ich konnte sie nicht entziffern. Die Nase, kam es mir in den Sinn, vielleicht kann deine Nase die Rauchbuchstaben verstehen.

Neugierig roch ich an den Buchstaben. Seltsamer Geruch kreiste um meine Nasenlöcher und tauchte als Buchstaben, dann als Worte und zuletzt als vollständige Sätze in meinem Kopf auf. Ich drehte meine Augen nach innen, also um mit meinen inneren Augen die Worte zu lesen. Nach der Hälfte durchfuhr mich ein furchtbarer Schrecken.

Hastig ließ ich alles fallen, sprang aufs Boot, riss den Anker in die Höhe und sauste davon. Keine drei Sekunden später raste ein riesiger Meteorit genau in die Stelle, wo ich noch eben gestanden hatte.

Was war geschehen? Die Blätter des Baumes, ich meine die Buchstaben, hatten mich wissen lassen, dass am 11.Juni 1950 um 6:31:12 Uhr ein Meteorit hier einschlagen würde. Und es war der 11.Juni, es war 1950, es war 6:31 und 12 Sekunden und ich stand an dieser Stelle.

Sehen Sie, man braucht nur seiner Eingebung zu folgen.

Oder auch nicht, sagte Mikado, wenn Sie nicht angehalten hätten, ich meine ganz zu Anfang, wären Sie auch weggewesen, als der Meteorit einschlug. Sehen Sie, ich bleibe nie unter einem Bananenbaum stehen, schon gar nicht unter einer Kokosnusspalme, ein ganzer Bananenturm wäre einmal fast auf meinem Kopf gelandet.

Das können Sie auch so haben, sagte Schwarzbart etwas beleidigt.

Er griff in seine Tasche, zog eine Banane hervor und legte sie dem Affen auf den Kopf.

Nette Haarspange! Wenn Sie so eine spitze Zunge haben, dann versuchen Sie doch, damit an die Banane zu kommen.

Mit diesen Worten stampfte der brubbelige alte Seebär davon, jedoch sorgsam darauf bedacht, nicht mehr unter einem Bananenbaum zu laufen, wer weiß, vielleicht hockte inzwischen Mikado im Gipfel des Bananenbaumes. Sicherlich hatte es einen Grund, warum der Affe so plötzlich verschwunden war und er kannte alle Wege des Kapitäns. Sie hingen immer von der Uhrzeit ab, er wusste, welche Richtung er um 18:15 Uhr einschlug, wusste, welche Richtung er 20 Minuten später nahm, egal welche Uhrzeit, allein davon konnte sich Mikado exakt ausrechnen, unter welchen

Bananenbaum der alte Seebär vorbeikommen würde.

Doch Schwarzbart hatte nicht viel Angst haben müssen. Mikado hätte nie eine seiner wertvollen Bananenstauden auf ihn geworfen, allerdings hockte er wirklich im Gipfel des Bananenbaumes, unter dem der alte Kapitän kurz danach vorbeikam. Und er ließ etwas herunterfallen. Eine alte mit Worten besprochene Bananenschale, besprochen mit einem Traum, nicht gerade der angenehmste Traum, aber besser als das Gewicht einer gesamten Bananenstaude, die von der Spitze des Baumes dem alten Seebären auf den Kopf gefallen wäre. Vielleicht hing der Affe doch mehr an den Abenteuern, als er sich bewusst war oder dem alten Seebären eingestehen wollte. Jedenfalls schien er etwas an den Abenteuern zu hängen, nicht ganz zu hundert Prozent, aber immerhin zu etwas.

Zu diesem Etwas gehörte jedoch nicht die Frage, warum der alte Schwarzbart einen Spaten auf einem Schiff hatte. Es war ein besonderer Spaten. Der Griff war aus hohlem Bambus, fest und biegsam, zugleich aber auch leicht. Der Spaten selbst bestand aus zwei dünnen Metallblättern, nicht dicker als die feinste Seide des mächtigen Kaisers im fernen China. Und zwischen den beiden hauchdünnen Metallblättern hatte Schwarzbart die leichteste Luft, die es auf der Welt gab, gepumpt. All das führte dazu, dass es der leichteste Spaten auf dieser Welt war. Und damit der einzige Spaten, womit sich das Wasser umgraben ließ, ohne dass die ausgehobene Wasserschippe gleich wieder vom Meerwasser gefüllt wurde.

Wundersame Dinge gab es zu finden, wenn einer das Meer umgrub. Nicht nur das goldenste Bernstein, das auf dieser Erdkugel vorkam. Das war noch das Unwertvollste, grub einer das Meer um. Es fanden sich alle Schätze, die Piraten jemals geraubt und später bei einem Sturm wieder verloren hatten. Es ließen sich verlorengegangene goldene Stunden aus früheren Zeiten ebenso finden wie versteinerte Dinosauriereier, die nur darauf warteten, gefunden und anschließend ausgebrütet zu werden. Auch das gehörte zu den Abenteuern des alten Seebären, allerdings leider zu dem Teil, der Mikado offensichtlich nicht interessierte.

Schade, dachte Schwarzbart,
abenteuerschlafschade, wirklich schade!
Mit diesen schad(e)-haften Gedanken
war der alte Seebär eingeschlafen.

15
Die ganze Welt ein Zirkusschauspiel

Wissen Sie, sagte Schwarzbart, ich habe in meinem Leben schon viel gesehen. Vielleicht alles, ich weiß es nicht. Einmal kam ein Junge zu mir angelaufen, außer Atem, völlig aufgeregt:

Um ihrem Boot herum laufen Fische auf dem Wasser, immer im Kreis, sie laufen auf dem Wasser.

Ich habe nur mit dem Kopf genickt:

Wenn es nichts Spannenderes gibt. Außerdem. Fische laufen sowieso. Jeder denkt, sie schwimmen. In Wahrheit laufen sie durch das Wasser, so wie wir durch die Luft laufen.

Vom Jungen erfuhr ich, dass es einen Ort gibt, wo man seltsame Dinge sehen konnte. Zirkus genannt. Um diese seltsamen Dinge wurde ein großes Zelt gespannt, damit nicht jeder sie sehen konnte, nur für Geld war es möglich. Also beschloss ich, einmal durch solchen Zirkus zu fahren. Jawohl, mit meinem Boot durch einen Zirkus zu fahren.

Ich lenkte einen Fluss um, für mich eine Kleinigkeit, so dass er auf einer Seite in das Zirkuszelt hinein- und auf der anderen Seite wieder herausfloss.

Dann machte ich mich auf den Weg. Die Gesichter der Menschen werde ich nicht vergessen, als ich plötzlich mit meinem Boot im Zelt auftauchte.

Viele dachten wohl, ich gehöre zur Vorstellung und applaudierten gewaltig. Nur der Zirkusdirektor war wütend auf mich. Er besaß nämlich zwei Mannschaften aus Nilpferden und Krokodilen, die gegeneinander Fußball spielten. Kaum, dass sie den Fluss bemerkten, stürzten sie ins Wasser und verschwanden, nie kehrten sie zurück, leben jetzt wahrscheinlich in irgendeiner Stadt.

Nach zwei Minuten verließ mein Boot mit der Strömung des Wassers wieder das Zirkuszelt.

Kein Problem, dachte ich, jetzt werde ich einmal um die Erde fahren und nach einem Jahr erreiche ich dann wieder den Zirkus.

So kam es auch. Genau ein Jahr später, ich hatte einmal die Erde umrundet, kam ich wieder am Zirkuszelt an. Am Eingang hing ein großes Schild:

Für Schiffe verboten!

Kein Problem. Ich nahm einen großen Pinsel und schrieb auf das Segel des Bootes:

Ich bin kein Schiff. Ich bin ein Boot!

Dann tauchte ich auch schon mit dem Boot ins Zelt ein. Diesmal wollte ich länger bleiben und beschloss, irgendwohin den Anker zu werfen.

Leider verfing er sich an der Tür des Löwenkäfigs. Die Tür hielt nicht stand. Das Boot trieb weiter und der Anker riss die Tür des Käfigs heraus.

Plötzlich brach ein Tumult aus. Die Zuschauer stürzten ins Wasser oder versuchten, auf mein Boot zu springen. Kein Wunder, hinter ihnen jagten die freigewordenen Löwen her. Zwischen all der Aufregung der dicke Zirkusdirektor, der wilde Flüche nach mir schleuderte.

Mit der Strömung des Flusses trieb mein Boot weiter, trotz des Ankers, an dem die Tür des Löwenkäfigs hing; und bald verließ es das Zelt und damit auch das heillose Durcheinander.

Leider nahm ich diesmal den verkehrten Weg. Ich brauchte nur ein halbes Jahr, um die Erde zu umrunden. Als ich nach sechs Monaten die alte Stelle erreichte, war der Zirkus verschwunden, warum, ich weiß es nicht. Vielleicht haben die Löwen alle Zuschauer aufgefressen und es gab niemanden mehr, den Artisten zuzusehen. Oder nach den Krokodilen und Nilpferden waren auch die Löwen und anderen Tiere verschwunden. Wer geht schon in einen Zirkus ohne Tiere? Jedenfalls war der Zirkus verschwinden, mit ihm zum Glück auch der dicke Zirkusdirektor. Ich glaube, es wäre nicht gut ausgegangen, wäre ich ihm ein drittes Mal begegnet.

Haben Sie Affen gesehen?, fragte Mikado. Einer meiner Großväter hat im Zirkus gearbeitet. Er konnte mit 100 Bananen gleichzeitig in der Luft jonglieren, fing sie alle mit einer Hand auf und verspeiste sie innerhalb von drei Minuten.

Nichts Besonderes, antwortete Schwarzbart. Es gibt nichts, was ich noch nicht gesehen habe. Mit 100 Bananen jonglieren und sie in drei Minuten aufessen, nichts Besonderes. Warum treten Sie nicht im Zirkus auf? Ich glaube, Sie würden die 100 Bananen in 10 Sekunden schaffen.

Ich kann übrigens mit 200 Schiffen gleichzeitig jonglieren, zugegeben, kleine Spielzeugschiffe, aber ein Spielzeugschiff ist viel schwieriger zu jonglieren als eine Banane, weil es viel mehr Ecken und Kanten besitzt. Außerdem, dass alles, was Sie mir erzählt haben, wäre nichts Besonderes. Ich habe auf einer meiner Fahrten einmal einen Riesenaffen gesehen, der sich 1000 Bananen auf einmal in den Mund steckte, mit Schale, es wäre zu mühsam, sie abzuschälen. Alles nichts Besonderes. Aber ein Boot, das durch einen Zirkus fährt, sehen Sie, vor Ihnen steht das Besondere, Sie brauchen nur mich anzuschauen, das Besondere finden Sie, wenn Sie mich anschauen oder meinen Erzählungen lauschen, denn die Erzählungen kommen ja aus meinem Kopf, also müssen sie

besonders sein. Übrigens, auch mein Kopf ist etwas
Besonderes. Ich wundere mich, dass es Ihnen noch
nicht aufgefallen ist.

Ich könnte es Ihnen erklären,
aber das Besondere braucht Zeit,
und es braucht den richtigen Zeitpunkt.
Davon später, vielleicht,
zu einem besonderen Anlass, vielleicht,
wir werden sehen.

16

Der schwarzbartsche Bootskrankentransport

Wissen Sie, sagte Schwarzbart, es sind schon viele Menschen um die Welt gefahren. Anderes ist um die Welt geflogen, ein Flugzeug oder Vögel. Fische habe ich getroffen, die jedes Jahr einmal um die Erde geschwommen sind. Dort, wo sie starten, legen sie sich eine silberne Schuppe ins Meerwasser, um nach einem Jahr ihren Ausgangspunkt wiederzufinden. Unterwegs orientieren sie sich nach den Lichtpunkten auf dem Meeresboden, die von den Sternen zurückgeblieben sind und selbst wenn es einen Stern nicht mehr gibt, für immer im Wasser bleiben. Das Wasser hält nämlich das Licht gefangen, es kann nie mehr entweichen.

Es gibt Tiere, die einmal im Jahr die Erde unterirdisch umkreisen, eine spezielle Art von Maulwürfen, die ich als Erster entdeckt habe und die deshalb meinen Namen trägt:

Maulventia schwarzibata.

Zurzeit bin ich auf der Suche nach einer speziellen Unterform, Maulwürfen, die sich unter dem Meer durchgraben, ohne einen Zwischenstopp auf einer Insel einzulegen. Die sozusagen non-stop graben.

Anders als die Brücken. Ist Ihnen schon einmal aufgefallen, dass die längsten Brücken keine Meeresbucht überspannen können, ohne sich auf einer künstlichen Insel abzustützen oder mindestens ein Brückenbein ins Wasser zu setzen?

Gucken Sie sich die Golden Gate Bridge an. Nicht einmal sie ist dazu in der Lage. Golden Gate? Welch verrückter Name! Diese Brücke ist rot, naja rotorange, jedenfalls nicht golden. Auf jeden Fall bin ich nebenbei auf der Suche nach einer Unterart von Maulwürfen, die anders als die berühmtesten Brücken eine Meeresbucht non-stop unterqueren. Welch eine Vorstellung!

An einem Punkt kreuzt sich alles. Mein Boot und ich auf dem Wasser, unter uns Fische, unter den Fischen der Maulwurf, und über uns allen eine Möwe. Ich sage Ihnen, ein richtiger Verkehrsknotenpunkt. Sie fahren mit ihrem Boot über einem Maulwurf, ohne dass Sie oder der Maulwurf davon etwas mitbekommen.

Sehen Sie, die meisten Seefahrer fahren nach den Sternen. Das ist möglich. Aber was machen diese Seefahrer, wenn ein paar Sterne verschwunden sind?

Sehen Sie, deshalb gucke ich nie nach oben, wenn ich mein Boot steuere, sondern immer ins Wasser und suche die Lichtpunkte der uralten Sterne, manche von ihnen sind seit tausenden Jahren vergangen, aber ihre Lichtpunkte thronen noch immer auf dem Grund des Meeres.

Sehen Sie, ihre Bananen, wenn Sie ein bisschen mehr Feingefühl besäßen, würden Sie feststellen, dass die Umrisse einer Banane noch viele Tage zu sehen sind, nachdem sie abgepflückt wurde. Der Abdruck der Banane in der Luft bleibt lange sichtbar, jedenfalls für alte Seefahreraugen.

Wie es sich mit Affenaugen verhält, weiß ich nicht genau.

Aber ich wollte von etwas Anderem erzählen, ich weiß sowieso nicht, ob Sie der richtige Gesprächspartner für hochspirituelle Geschichten sind. Also viele Kreaturen haben die Erde umkreist, ich bin aber der Einzige, der sie umrundet hat. Vor vielen Jahren war mein Boot, die alte Lusitannia, krank, Bootsfieber, ein schlimmer Virus, der langsam das Holz auffrisst, unternimmt man nicht sofort etwas. Ich musste ihr jegliche Anstrengung verbieten. Die alte Dame hatte mich viele Jahre durch die Welt getragen, jetzt war ich ihr dasselbe schuldig.

Die ersten Tage schwamm ich und zog mein Boot mit einem Seil, das ich an meinem Zahn verankert hatte.

Schwarzbart öffnete seinen Mund, ein einziger Zahn war zu sehen, wie ein verlassener Pflock wirkte er, gut vorzustellen, dass dort die Schlinge eines Schiffstaus verankert war.

Doch bald musste ich mir etwas anderes überlegen. Krokodile und Haifische zwangen mich ins Boot zurück, außerdem begann sich mein Zahn zu lockern. Wohin sollte ich künftig meine Pfeife klemmen, wenn ich den letzten Zahn verlor?

Ich bohrte zwei Löcher, auf jede Seite des Bootes eines, setzte mich in den Schiffsrumpf, steckte beide Arme durch die Löcher und begann mit den Händen zu paddeln. Aber auch das wurde mir zu mühsam.

So ersetzte ich meine Arme durch zwei Kochlöffel. Ich schwöre Ihnen, je mehr ich mit den Kochlöffeln paddelte, desto größer wurden sie, wie von selbst, wie von Geisterhand. Auf diese Weise habe ich das Rudern erfunden. Ein Ruderboot ist nichts anderes als eine Nussschale mit zwei Kochlöffeln, die durch einen Kochtopf treibt.

Und ich wurde der erste Mensch, der einmal um die Welt gerudert ist. Sie können alle anderen acht Milliarden Menschen fragen. Keiner wird Ihnen antworten, dass er schon einmal um die Welt gerudert ist. Gerudert! Verstehen Sie, mit zwei Kochlöffeln um die Welt gerudert, damit sich mein Boot, die alte Lusitannia von dem gefährlichen Bootholzauflösevirus erholen konnte.

Sehen Sie, so stehe, naja, vielleicht auch sitze ich zu meinen Freunden, zur alten Lusitannia. Aber ich glaube nicht, dass Sie das verstehen.

Schwarzbart sah Mikado scharf in die Augen.

Ihre Bananenbäume, sagte Schwarzbart, haben Sie jemals darauf verzichtet, Bananen zu pflücken, wenn die Bananenbäume Sie darum angefleht haben, weil sie mit ihren Früchten viel schöner aussehen? Wer will nicht schöner aussehen? Selbst die Pflanzen. Das ist für die Pflanzen gefährlich.

Die schönsten werden zuerst gefressen, weil die Tiere denken, dass sich die Schönheit der Pflanzen auf sie überträgt. Und die schönsten Tiere werden… aber lassen wir das besser.

Oder haben Sie jemals einen Bananenbaum einmal um die Welt getragen? Wenigstens auf eine andere Insel, weil er alt und krank wurde, damit er sich dort bei besserem Wasser und Licht erholen konnte?

Meine alte Lusitannia, sie kann froh sein, dass Sie, Herr Mikado, kein Seefahrer geworden sind.

Sie sehen das verkehrt, unterbrach Mikado, völlig verkehrt. Es gibt nur einen Grund, warum ich Bananen esse. Damit die alten Bananenbäume nicht so schwer tragen müssen. Ich erleichtere ihre Last, aber Sie sehen alles verkehrt. Nur gut, dass Sie kein Affe geworden sind, gut für jeden Bananenbaum dieser Welt.

Schwarzbart schwieg. Er betrachtete sich im Spiegel. Sein Bart hatte das ganze Gesicht zugewachsen.

Ich muss mich etwas rasieren, sagte er entsetzt, ich kann es mir nicht leisten, wohlmöglich mit Ihnen verwechselt zu werden.

Mit diesen Worten verschwand er.

Dick war sein Bart, dick und lang, es würde lange dauern, bis er wieder zur alten Pracht heranwachsen würde.

Doch davon später,
nächstes Mal, vielleicht,
vielleicht nach dem Bartregen,
es würde sich zeigen,
es gibt zu selten einen Bartregen,
um vorher zu wissen,
was sich danach ereignet.
Deshalb später, vielleicht später.

17
Der luftverstopfte Wal

Wissen Sie, sagte Schwarzbart, wissen Sie eigentlich, was ein Walfisch ist? Ich meine so ein langes schwarzes Teil, ein Gerüst aus Knochen, darum eine schwarze Haut, am Heck eine Schwanzflossenschraube, ach stellen Sie sich einfach ein lebendes U-Boot vor, dann wissen Sie, was ein Walfisch ist.
Bei mir unten auf dem Wasser schwimmen eine Menge Dinge kreuz und quer. Sagen Sie mal, bei Ihnen da oben, in den Spitzen der Bananenbäume, fliegen dort wenigstens ein paar Flugzeuge zwischen den Ästen, ich meine, wenn nicht, es muss für Sie dort oben sehr langweilig sein. Lassen wir das.

Einmal fuhr ich mit meiner alten Lusitannia, als ich ein merkwürdiges Geräusch vernahm. Es war, als ob sich eine Biene in meinem Ohr verirrt hätte und nun wie wild nach dem Ausgang, zum Glück nicht nach dem Eingang, suchte.

Sie wäre doch bestimmt in ihrem Ohrenschmalzsumpf steckengeblieben, unterbrach Mikado.
Schwarzbart schüttelte etwas böse den Kopf:
Wissen Sie, warum ich Pfeife rauche? Sehen Sie, Sie wissen überhaupt nichts. Jeden fünften Pfeifenzug puste ich nicht durch die Nase, sondern durch die Ohren nach draußen, damit bleiben sie sauber wie eine glatt polierte Eisfläche, meine Ohren sind gewissermaßen

die saubersten Schornsteine, die man sich vorstellen kann.

Vielleicht sollten Sie sich auch einmal das Pfeifenrauchen, als Vorschlag Geschmacksrichtung Bananentabak, angewöhnen.

Das furchtbare Geräusch hatte eine andere, sehr einfache Erklärung. Vor mir tauchte ein kleiner Walfisch auf und nun kommt das Besondere, hören Sie genau zu. Im Nasenloch, dort wo er von Zeit zu Zeit wie alle Walfische eine Wasserfontäne in die Luft spritzte, steckte eine Banane. Er muss an der Küste just in dem Augenblick unter einem Bananenbaum geschwommen sein, als eine der gelben Früchte nach unten direkt in sein wassersprühendes Loch fiel.

Oder, und jetzt hören Sie noch genauer zu, im Baum saß ein Affe, so ein undefinierbares Wesen wie Sie, und schmiss mit Bananen nach dem armen kleinen Walfisch. Ich jedenfalls würde mit meinem Schiff nie unter einem Baum hindurchfahren, wenn ich weiß, dass Sie oben in der Spitze sitzen.

Kurzum, ich entsicherte meine Angel, schleuderte den Haken nach draußen – übrigens ich kann mit meiner Angel eine 1000 m entfernte Fliege beim ersten Mal treffen - schleuderte sie also exakt so, dass der Haken in der Banane landete und ich dieses eklige gelbe Bananending aus dem Wasser-spritzloch des Wals herausziehen konnte.

Schwarzbart machte eine Pause. Er hätte erwartet, dass Mikado fragen würde, wo er die Banane hingeworfen hatte. Mikado sammelte alle Bananen, egal wie alt sie waren. Offensichtlich aber nicht solche, die vorher bei jemanden in der Nase gesteckt hatten - denn Mikado sagte kein Wort.

Wir wurden natürlich Freunde, fuhr Schwarzbart fort. Nein, nicht ich und die Banane, sondern der Walfisch und ich. Jahre später bin ich ihm noch einmal begegnet. Diesmal ohne Banane im Wasserspritzloch. Es war seltsam. Wir hatten beide das Gefühl, auf eine Gefahr zuzusteuern, die wir noch nicht sehen konnten.

Der Wal blickte mich an:

Fahr mit deinem Boot über meinen Rücken, rief er, schnell!

Ich tat, was er verlangte. Als mein Boot über seinem Wasserspritzloch war, spritzte er eine 10 Meter hohe Wasserfontäne in die Höhe. Dadurch hob mein Boot in die Luft ab. Aus 10 Meter Höhe hatte ich eine viel bessere Aussicht. Noch konnte ich nichts Verdächtiges, Gefährliches entdecken. Wir setzten unsere Fahrt fort und wiederholten die Aktion von Zeit zu Zeit. Wir hatten gewissermaßen einen mobilen Wachtturm bei uns. Beim zehnten

Mal erkannte ich aus der Höhe, dass wir auf einen gefährlich tiefen Wasserfallabgrund zusteuerten. Aus 10 Meter Höhe rief ich dem Wal zu, wir müssten eine Notbremsung vornehmen. Ich stoppte meine Maschine und der Walfisch stellte sich im Wasser kopfüber, um zum Stehen zu kommen.

Die Strömung war aber so stark, dass sie uns weiter auf den gefährlichen Abgrund zutrieb. Wir überlegten nach einer Lösung. Schließlich sagte der Walfisch, ich solle mit meinem Boot in sein Maul schwimmen und in der ersten Kiementasche rechts vor Anker gehen. Ein Anker ist für mich nicht schlimm, sagte der Walfisch, er ist so, als würde jemand eine Spritze beim Zahnarzt bekommen.

Also steuerte ich mein Boot in das offene Walfischmaul und verankerte es neben einem der gewaltigen Backenzähne. Auf einmal brach ein gewaltiger Sturm los. Der Walfisch holte sehr tief Luft, dass sich sein Bauch mit Wasser füllte. Weitere Sturmfluten peitschten durch seinen Körper, das halbe Meer verschwand in seinem Rachen. Dann spritzte er das Wasser in einer riesigen Fontäne nach vorne, nur gut, dass ich mein Boot sicher neben dem Backenzahn in einer Kieme des Walfischs verankert hatte, ich wäre sonst im hohen Bogen mit ausgespuckt worden.

Jetzt verstand ich den Plan des Wals.

Dadurch, dass er die Hälfte des Meeres aufgesogen und weit nach vorn ausgespuckt hatte, war der Unterschied des gefährlichen Wasserfallabgrunds ausgeglichen worden und wir konnten sicher auf einer geraden Wasserfläche schwimmen. Jedenfalls bis zum nächsten Wasserfall, aber dort würden wir es einfach wiederholen. Auf diese Art und Weise wurde der Walfisch zu einer lebenden mobilen Schleuse, die uns alle gefährlichen Wasserunterschiede an tosenden Wasserfällen ausfüllte.

Aber davon später,
beim nächsten Mal vielleicht.

Und werfen Sie nicht immer mit faulen Bananen, nur weil Ihnen meine Geschichten nicht gefallen. Man trifft damit nicht nur Walfische, Sie könnten damit auch Kleineres treffen, Käferameisen, nicht auszudenken, eine fliegende Banane ist für eine Ameise ein umkippendes Hochhaus. Passen Sie auf, wohin Sie Ihre Bananenschalen werfen, denken Sie nur, es würde auf ein Bakterium fallen; das wäre, als wenn Sie die ganze Erde auf das Bakterium kippen würden. Seien Sie ein bisschen vorsichtiger, was Sie mit ihren Bananenschalen machen oder essen Sie die Schalen einfach auf. Bei Ihrem Geschmack kommt es doch nicht drauf an.

Inhaltsverzeichnis

Biografie

Ich wurde in Berlin geboren. Nach dem Abitur in Berlin habe ich Medizin in Berlin und München studiert und war nach meinem Studium ca. 40 Jahre in der Medizin tätig. Seit Ende 2023 bin ich berentet. Während meiner Berufstätigkeit habe ich nebenher eine Reihe von Manuskripten verfasst, ein Jugendbuch, Kinderbücher, Romane und Gedichte.

Einige sind seitdem über einen Self-publishing-Verlag veröffentlicht worden.

Neben einer Reihe anderer Veröffentlichungen hat der Autor auch folgende Gedicht- und Prosabände veröffentlicht:

Die Christyllische Weihnacht – Weihnachten wie immer (und) anders

27 Kurzgeschichten mit je einem Bild, zu jedem Tag vom 1.-26. sowie 31. Dezember; sehr abwechslungsreiche Geschichten von Weihnachten im Kaufhaus, bei den Schildbürgern, in einem neuen Märchen, als Science-Fiction und Weihnachtsgeschichten zur Zeit der Geburt Jesu. So abwechslungsreich, dass für jeden und jedes Alter etwas dabei ist (auch in Englisch erhältlich.

Aventsschilda
Die EULENde SPIEGEL-Weihnacht

Weihnachtsgeschichten mit und ohne Eulenspiegel in Schilda, bereichert durch weihnachtliche Gedichte. Zu lesen wie ein Adventskalender.

Schwarzbart's kandidelte Adventsgeschichten

Der alte Seekapitän erzählt fantastische Adventsgeschichten voller Fantasie, bereichert durch weihnachtliche Gedichte. Zu lesen wie ein Adventskalender.

Ein denkwürdiger Adventskalender

Das schönste am Fest war der Adventskalender. Jedes Jahr freute er sich auf diese verkleidete, geheimnisvolle süße Gabe. Draußen die bunten Bilder, die versteckten Türchen, Zahlen, die zwischen Engeln, Krippen und Weihnachtsmännern umherschwirrten. So war es jedes Jahr, aber dann stimmt irgendetwas nicht. Dies erzählt die Geschichte um einen ganz besonderen Adventskalender voller Überraschung.

Die Insel der Figuren

Ein kleines Mädchen in Japan bekommt zum Geburtstag von ihrem Vater eine Puppe geschenkt. Als das Mädchen älter ist, wird die Puppe in einem kleinen Boot auf die Wellen des Meeres gesetzt. Offensichtlich eine Tradition ins Erwachsenenalter.

Einige Zeit später reist ein anderes Mädchen ihrer verschwundenen Puppe hinterher, eine spannende abenteuerliche Reise mit einem ungewöhnlichen überraschenden Ende beginnt. (Fantasieroman)

Der kleine Mugu auf dem Noddelthron

Ein Jungen lebt in dem Land eines Königs. Eines Tages kommt ein Prahlhans in dieses Land. Er besitzt die Fähigkeit, die Gedanken anderer Menschen mit seinen wilden Haaren einzufangen. Der König wollte diese Fähigkeit erlernen und folgte dem Prahlhans. Ausgerechnet der kleine Junge Mugu gewann die Nachfolge des Königs und regierte das Land, in dem er viele Dinge auf den Kopf stellte. (Märchenroman)

Max abenteuerliche Reise zum Ich – eine kurze weite Reise

Jugendroman, 112 Seiten, Max lebt in schwierigen sozialen Umständen, weder darüber, noch über den Grund wird in der Familie gesprochen. Langsam kommt Max selbst hinter das „Geheimnis" und lernt, sich trotzdem zur Familie zu bekennen. Auch als Schulbuch geeignet.

Manu's Reise mit dem Tod – eine Fuge durch die Zeit

Roman, 256 Seiten, verschiedene Lebenslinien aus dem Leben einer Frau, fugenartig verwoben, Ereignisse des Todes in ihrem Leben und ein weiterer Handlungsstrang über verschiedene Rituale zur Zeit des Todes in verschiedenen Kulturen (auch in Englisch erhältlich „Manu´s Journey with Death").

GeGlichenes

Die folgende Sammlung in 4 Bänden enthält etwas über 60 Kurzgeschichten, jede Kurzgeschichte baut auf einer aus dem Neuen Testament stammenden Bibelstelle gleichnishaft auf und ist auf unsere Zeit übertragen. Zwischen den Geschichten findet sich jeweils ein Aphorismus oder ein Gedicht.

Das Moooondschaaaaf
(monatlich durch das Jahr)

Für jeden Tag eines Monats ein Gedicht aus Sicht eines auf dem Mond lebenden Schafs, das humorvoll, kritisch, skeptisch und wiedererkennend unsere Erde beäugt; zwischen jedem Gedicht ein Aphorismus; mit passenden lustigen Bildern aus Kinderhand; auch als Geburtstagsgeschenk für den passenden Geburtstagsmonat geeignet.

Tortellintauben - TierGdichte für Rwachsene

61 Tiergedichte als Spiegelbild menschlichen Verhaltens, wunderschön von Kinderhand illustriert.

Ostern- Gedichte zur Osterzeit

43 Gedichte mit christlichen Inhalten von Gründonnerstag bis zur Auferstehung Jesu, durchsetzt mit gedankenvollen Aphorismen.

Hinter dunklen Himmelswolken
Gedichte in Zeiten der Trauer

74 Gedichte über Tod, Sterben, Hoffnung, Zuversicht, das Danach.

Der erdenkliche Mensch
Das Du im Ich

55 Gedichte, dazwischen Aphorismen, die sich nachdenklich und kritisch mit liebgewonnenen menschlichen Verhalten auseinandersetzen.

Ein KESSEL Bunte GeDichte

Ein Kessel bunter Gedichte, unterbrochen von kurzen Aphorismen – eben wie in einem großen bunten Kessel, wenn es heißt: tüchtig rühren, Kelle rein, sich überraschen (pardon inspirieren) lassen, was auf den Teller kommt.